No son tantas las estrellas/ There Are Not So Many Stars
edición definitiva de Pisot/ definitive edition of *Pisot*

ISAÍ MORENO

Translated by Arthur M. Dixon

I0633096

Isaí Moreno

Translated from the Spanish
by Arthur M. Dixon

No son tantas las estrellas

edición definitiva de Pisot

katakana
editores

No son tantas las estrellas/There Are Not So Many Stars
Edición definitiva de *Pisot*/Definitive Edition of *Pisot*
First Edition 2019

© Isaí Moreno

© Traducido por/Translated by Arthur M. Dixon

© Fotografía de portada/Cover picture by Ricardo Caballero

© Published by katakana editores 2019
All rights reserved

Editor: Omar Villasana
Design: Elisa Orozco
© Imágenes de interiores/Interior Images: Blanca Beatriz Caraballo

ISBN: 978-1-7321144-6-3

KATAKANA EDITORES CORP.
Weston FL 33331
✉ katakanaeditores@gmail.com

Durante los últimos años virreinales, en esa Nueva España que nuestros novelistas suelen ignorar con singular optimismo —quizás convencidos de que sólo en las cosas del presente es posible reinventar un destino más amable—, Isaí Moreno ha dado vida a una extraña figura literaria. Transeúnte de un relato circular y casi infinito, su personaje se llama Policarpo de Salazar y es un logaritmo viviente, un calculista de obsesión, sí, un matemático capaz de hacer de lo visible una operación de lo impensable o de transformar cualquier rutina urbana en dividendo, divisor, cociente y residuo, y todo ello en un solo golpe de voz.

Centro de todas las miradas científicas que nutrieron las curiosidades de nuestro último periodo colonial —época que está a punto de transformarse en umbral revolucionario—, en Policarpo se personifican las dinámicas de un mundo que convive en silencio con una sensación de progreso latente. Tal sentido de modernidad inminente se apuntala en la construcción del Palacio de Minería que Manuel Tolsá realiza en estas páginas, en los alumbrados públicos que por aquellos años estrenaban las ciudades mexicanas, en la mecánica de las campanadas de los edificios públicos, en el acertado pronóstico de un eclipse con que abre la lectura de *No son tantas las estrellas*, incluso en la cotidianidad de los viajes de circunnavegación por el orbe hispano, y, sobre todo, en la cultura de la educación y de la enseñanza que despliegan los sabios del libro —muchos de ellos presentados con gran economía mediante imágenes jesuíticas—.

De hecho, aquí nada es estancamiento, tal y como nos lo participa la experiencia del reloj —esa realidad que todo lo hizo instante determinado y momento determinante en Occidente— que acompaña al libro casi desde sus páginas iniciales.

Para completar con audacia este histórico cuadro de costumbres virreinales, el parentesco entre magia y tecnología también reclama aquí un sitio de privilegio. Lo que es más, el ejercicio de las invenciones fantásticas resucita el viejo esquema mental tan propio de los mundos anclados en las coordenadas de lo ambivalente porque —es menester decirlo— aquí lo mismo domina la explicación providencial del destino humano que los grandes discursos del pensamiento racionalista. En consecuencia, la lectura de *No son tantas las estrellas*, representa, entre tantas otras cosas, una apropiación de los exabruptos que sufre la mirada religiosa cuando ella percibe el cambio de signo de su exterioridad más material. Por lo demás, este oscurantismo enfrentado a la consciencia cientificista representa el mejor caldo narrativo para que Policarpo continúe intrigándonos con los guarismos de sus búsquedas y con la contabilidad de sus asesinatos.

En efecto, esta mente cuyas extraordinarias habilidades aritméticas trasudan el aire ilustrado del siglo XVIII trasciende también en su condición de asesino serial, de prófugo de la justicia, de gran enemigo de la vida y de la paz social. Así, la ciencia numérica que organiza su existencia criminal pronto nos va a servir de contrapeso para terminar de entender las dinámicas de la realidad histórica que sirve de marco a gran parte de la novela —los albores de la Independencia—. De hecho, sólo en la *con-fusión* de tan dispares eventos —matemáticas del homicidio— llegaremos a comprender que cuando una sociedad insiste en explicarse a ella misma como hija exclusiva de sus cálculos más lúcidos, de alguna forma ha de inspirar la creación de personajes que, como Policarpo de Salazar, concitan en su destino a los ancestros negados de un pasado que gracias a la literatura de Isaí

Moreno hoy se hace por fin de veras nuestro. Dicho de otra manera, ¿quién pudiera dudar que la enfermedad de una época precedente no se humaniza con el análisis clínico de sus antiguos homicidios, vaya, ni siquiera con las justicias heredadas por aquellos que intentaron subsanarla, sino, sobre todo, con la *literaturizada* crueldad de sus asesinos? Tal como lo ilustra Marc Bloch en su *Apología para la historia*, cuando las ciencias que estudian el pasado se hacen rígidas en la valoración de las pasiones, a su rescate vendrá siempre la literatura, esta maravillosa e innocua mesa de laboratorio en donde se intentará la imprudencia de otros presupuestos —¿de otras fobias, de otras taras, de otras máscaras?— para explicar con más humanidad los avatares de un pasado que sigue pasando entre nosotros. Y si acaso *No son tantas las estrellas* no tuviera otra virtud que la de haber recuperado a los antihéroes de la historia nacional, sobre todo aquellos que convivieron con la raíz de nuestro espíritu científico, sólo esto habría valido la pena para justificar su presencia entre los lectores del siglo XXI —lectores que, sin forzar la ironía, no pocas veces son nuevos Policarpos, en especial cuando reconocemos su condición de ciegos manipuladores de códigos binarios, de adictos extraviados en la inmediatez de lo numérico o, por qué no decirlo así, de conciencias atrapadas en los vacíos dobleces que hoy exhibe el verbo *navegar*—.

Dividida en dos periodos novelescos muy distintos entre sí, Isaí Moreno también sabe evocar con maestría la complejidad del discurso matemático, sus incomprensibles léxicos, sus apabullantes teoremas, las conjeturas más áridas de que se tenga noticia... No, no es nuestra ignorancia lo que da firmeza a sus explicaciones; es, de hecho, el que la novela no quiera explicar nada lo que la pone a nuestra alcance. A través de dicha estrategia el libro decide regresar a nuestro presente para narrar las búsquedas de otro personaje que de alguna manera se presiente como extensión de aquel homicida ancestral. Marino, este posible *alter ego* de Policarpo, vive entre nosotros, está existiendo aquí mismo y se nutre de nuestra actualidad mientras se lanza a la caza de algo que no atinamos a definir; no es un número secreto ni una fórmula desconocida sino, tal vez, una ecuación digna de su inteligencia, un algoritmo que le permita la destreza de saberse superior o, por el contrario, la de declararse insuficiente y entonces hacer suya su muerte. Al final, este otro marco histórico expuesto en clave de relato policiaco nos hará concluir que los números no son diabólicos por las obsesiones que vehiculan sino por el miedo a comprobar que la vida pueda alguna vez hacerse secuencia, encadenamiento, frivolidad de un cálculo o, lo que es peor, pura razón ordenadora.

Las realidades numéricas no deben transformarse en herramientas del porvenir ni convertir nuestra humanidad en una religión de la mente, nos sugiere a hurtadillas esta novela mientras su plasticidad cronológica nos propone, ahora sí con toda contundencia, escapar de las erudiciones que buscan reducir nuestro estar en el mundo —el *Dasein* con que Heidegger intenta definir las explicaciones que le damos a la realidad— a un puro adjetivo numeral. Si las matemáticas son sólo vida transformada en signos, deben ser vividas y explicadas como se viven y explican muchas otras cosas a las que nuestra cotidianidad ha dado condición de significativas: la cura de una enfermedad, la química de los sabores, la cartografía de aquel continente o el aprovechamiento de la lluvia en la estación más propicia del año, por citar rápidos ejemplos.

En fin…, que líbrenos Dios de un prólogo largo, decía Quevedo al concluir un proemio de mucha extensión. Por ello, mejor será no incurrir en contradicciones de ningún género y advertir al lector que está a punto de transitar por las calles de un relato que nos pertenece al nombrar una parte de nuestro pasado con voces e instintos que informan mucho de lo que ahora somos. Y si bien es cierto que los asesinos y las víctimas de *No son tantas las estrellas* exhalan la amargura del sinsentido numérico, es de agradecerse el hecho de que a pesar de no entender muchas de sus ecuaciones el relato hace que las vidas que nunca moriremos y las ecuaciones que nunca resolveremos cobren lucidez en el anhelo de llegar al punto final, al resultado de la trama, al producto de una historia que es única y compleja y apasionante y, sobre todo, entretenida. ◫

JAVIER VARGAS DE LUNA

Para Evelyn

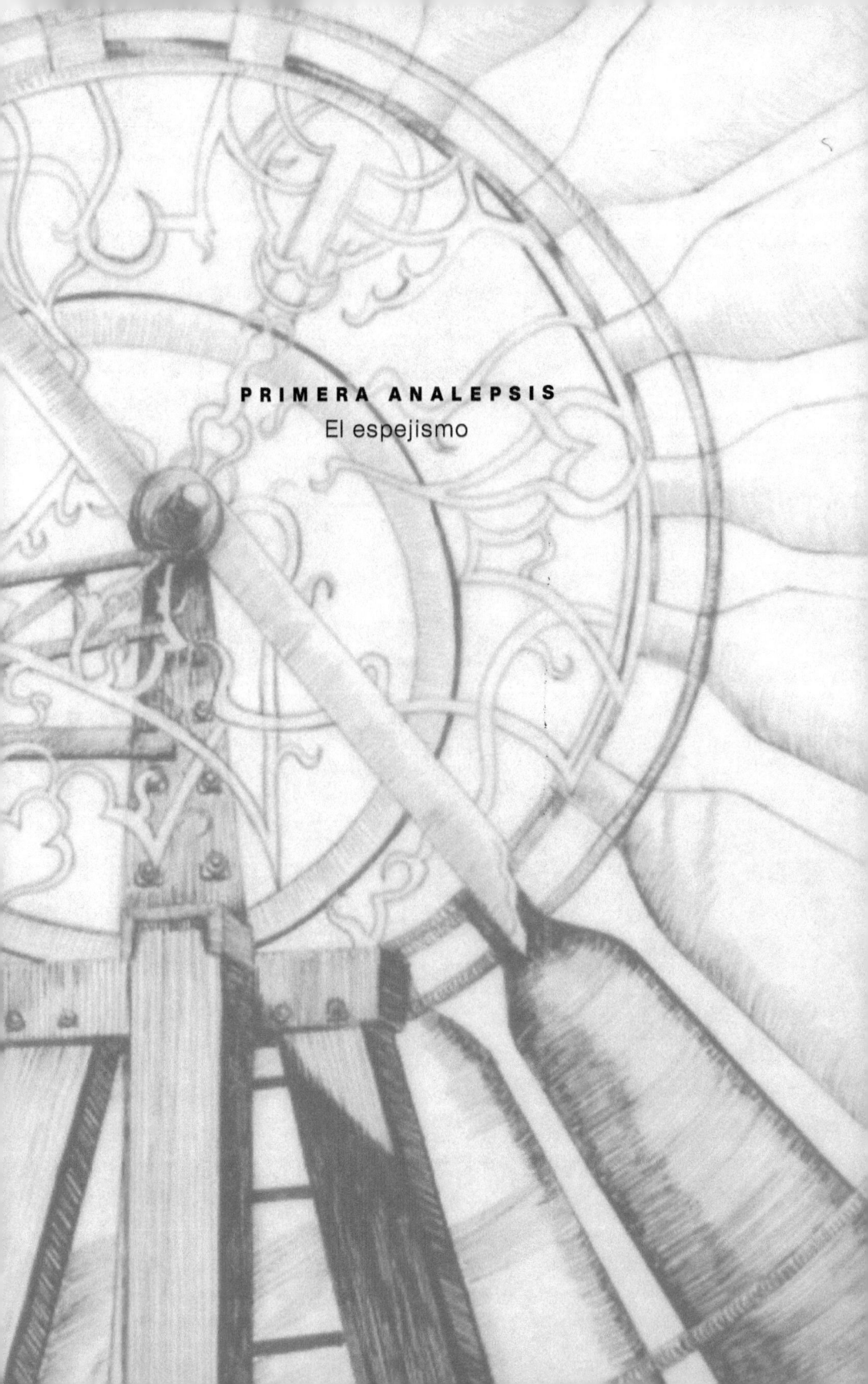

PRIMERA ANALEPSIS
El espejismo

Un demonio me enseñó las proporciones y los números
y construí con los ojos cerrados un patíbulo,
del que cuelga una cuerda.

MARGUERITE YOURCENAR

El 13 de mayo de 1752, en la ciudad antigua de México, ocurrió un incidente inusitado, particularmente grotesco. Aquel día se esperaba un eclipse de sol, vaticinado con exactitud por los astrónomos de la época. Los eclipses han sido siempre objeto de desconfianza. Desde hacía un año, los sabios discutían y refutaban las disertaciones de otros conocedores acerca de esos sucesos que originan la tiniebla y oscurecen el corazón de los hombres. A propósito de ello, don José Mariano de Medina, astrónomo eminente de la ciudad de Puebla escribió:

> Estoy cierto de que el estrago que suele experimentarse en semejantes años es hijo, no del influjo maligno de los astros, sí de los sustos y temores con que afligen á los aprensivos las predicciones fatales de los Astrólogos.

Estas palabras se hicieron circular en un pequeño folleto (*Destierro de temores y sustos, vanamente aprehendidos en el eclypse quasi total futuro del año 1752*), mismo que resultó objeto de gran polémica y ataques, en particular los del físico Narciso Marcop y Hecafoc, quien a su vez publicó un folleto-epístola al que llamó: *Carta á una señora sobre el eclypse futuro del día 13 de mayo de este presente año de 1752 y sobre la carta impresa que escribió el Br. D. Joseph Mariano Medina*. En éste, el autor reivindicaba los derechos del hado a favor de los eclipses infaustos y rebatía el racionalismo ilustrado del necio Medina. Así, entre discusiones acaloradas y enfrentamientos de eruditos, anuncios de calamidad por parte de los clérigos y los lamentos de los ignorantes, el eclipse pronosticado llegó.

No fueron pocos los que encomendaron su alma a la Providencia. Al empezar a oscurecer, numerosas viejas se reunieron en grupos y entonaron letanías en un triste intento por ahuyentar al Maligno y a las ánimas funestas. En las calles aullaron los perros, aumentando con sus alaridos la certeza de la miseria humana, cubierta por el velo de esa noche siniestra que amenaza al hombre. Así lo pensaron aquellos que acompañaban en sus últimos instantes a don Juan de Salazar, orfebre criollo y anciano honrado, quien moría víctima de los estragos del asma. Nada tan cruel, se lamentaban ellos, como el presenciar la muerte lenta, indecisa a cortarlo todo de un tajo. Los últimos respiros dificultosos del viejo recordaban a los de un perro decrépito extinguiéndose en un rincón, cuyo aliento se escapa entre sonidos desarticulados, pausados. El drama se acentuaba al saber que el anciano se debatía en su lucha contra la muerte justo a la hora de aquel eclipse, con los hombres a la disposición de fuerzas que azotan sus destinos como una tormenta. Los resuellos del hombre, que parecían por momentos apagarse por fin y dar término al dolor, reiniciaban de súbito como silbido desesperado, insistían en arrebatar instantes de más padecimiento a esa garganta contraída por los espasmos. Al concluir el eclipse, el anciano se entregó finalmente al sueño de la eternidad. Familiares y amigos lloraron. Aun cuando el sol brillaba de nuevo, muy pocos se percataron de su aspecto tembloroso y mortecino, como el de los cirios mortuorios que se encendieron para velar al muerto. El trance extenuante se terminaba… Fue entonces cuando los dolientes, asombrados, escucharon la voz de un infante que dijo: Sé cuántos resuellos dio antes de morir. Se hizo un silencio en el que todos se volvieron para ver al que hablaba. Las muecas de azoro tornaron al horror cuando Policarpo pronunció una cifra. ¡Había contado las respiraciones del enfermo en su atroz agonía, una por una hasta el final! Las mujeres tartamudearon, intentaron rezar oraciones olvidadas. Un soplo helado inundó el espacio, se instaló en los huesos de los presentes. ¿Qué tipo de engendro se hallaba entre ellos? Sólo los entes demoníacos eran capaces de aberraciones como aquéllas. Ese niño estaba enfermo, quizás poseído. Eso era. O tal vez debía atribuirse el hecho al eclipse. La mente de todos guardó la escena para futuras pesadillas, habrían de rememorarla durante el resto de sus días. Sus vientres se estremecieron al mirar al jovenzuelo de tez pronunciadamente clara volverse con inusitada indiferencia y dirigirse al patio de la casa.

Sí, de seguro que lo ocurrido era la señal de una próxima, de una inminente calamidad.

PASARON LOS AÑOS Y MUCHOS DE LOS VECINOS DE DE SALAZAR que esperaron la calamidad murieron de viejos. Los granos del reloj de arena cayeron impasibles al aliento detenido de quien se obstinaba en recordar el hecho.

Una fría tarde de 1779, cierta mujerzuela vieja y desdentada corrió por las calles gritando. Su voz helaba la sangre: ¡*La epidemia, la epidemia!* El sobresalto de la gente se debió no sólo a la noticia, sino a la apariencia de la mujer que aullaba enloquecida. Momentos después, una carreta la atropelló y mató al instante. El clamor de la viruela circuló por toda la ciudad, poniendo a todos en alerta. Ya era demasiado tarde. Empezaron a morir miles de ciudadanos. Las carretas no se daban abasto transportando cadáveres: algunas, en las travesías apresuradas, se volcaban dejando los cuerpos al descubierto. Los que no se llevaban al cementerio se tiraban en los canales o se quemaban en las plazas. La infección inundaba las calles desiertas. También el llanto. En el centro de la ciudad, las campanas de las iglesias secundaban los dobles de la Campana Mayor de la Catedral. La calavera de la muerte mostró sus dientes podridos, las cavidades de sus ojos brillaron con la luz amarillenta de los cirios: la muy déspota reía. De entre aquéllos que lograron salir de la ciudad sin infectarse, se registraron incidentes de quienes fueron atacados por salteadores en los caminos, sus mujeres violadas y, en algunos casos, destazadas frente a ellos.

SEMANAS DESPUÉS DE LA EPIDEMIA, POLICARPO DE SALAZAR reapareció caminando por las avenidas: esa silueta de antaño, encarnada ahora en un hombre mediano en complexión, de cuerpo nervudo y mirada suspicaz.

Después de lo referente al eclipse, y al saber que nadie deseaba verlo, fue enviado por sus padres a Puebla, la culta ciudad de Palafox, donde lo recibió el benevolente e instruido jesuita José de Zaragoza. El religioso lo educó, prodigó sus atenciones al joven sin importar la opinión que gente común y corriente pudiese tener respecto al anómalo Policarpo. Éste creció ahí hasta bien entrada su juventud. Un lustro más permaneció viviendo en las habitaciones del jesuita, hasta la partida de éste a un retiro misional que culminaría en la ciudad de Valladolid. Luego de rechazar la invitación de José de Zaragoza para acompañarlo en el viaje piadoso, Policarpo se decidió a conocer el mundo por cuenta propia, iniciando un periplo de descubrimientos por la parte central y occidental del país. Dos años más vagó por poblados y comarcas antes de retornar a la ciudad de México. Nadie le recordó al verlo. Cuando supo de la muerte de los Salazar (ninguno sobrevivió a la viruela) ni siquiera se inmutó. Se marchó en silencio y en pocos cuantos días se estableció en una buhardilla penumbrosa pero cómoda, cuyas paredes aislaban el bullicio de carretas y vendedores de baratijas en la Calle de la Buena Muerte.

HERNÁN CUEVAS CAMINABA APRISA, SE DIRIGÍA ANGUSTIADO A LA residencia de Antonio de León y Gama. Hernán era un mestizo apacible, de pelo encanecido, con quince años al servicio de uno de los más grandes matemáticos del país. Don Antonio era conocido por sus duras críticas a las publicaciones científicas de la *Gazeta* (años después, refutaría con elegancia en este medio, la demostración que hiciera un anónimo de la *cuadratura del círculo*). Había elaborado la *Descripción orthográfica* de un eclipse de sol en 1778 e interesantes observaciones al *Kalendario perpetuo* de Fray Alejo García y a la *Astronómica y harmoniosa mano* de Buenaventura de Ossorio, obra en la que el último describía métodos para hallar el número áureo y para el cálculo de la epacta, el *cyclo* solar, la indicción y las calendas. Los mismos catedráticos de la Real y Pontificia Universidad le buscaban para consultarle y a él también se dirigió el matemático José de Peredo para presentarle, no sin entusiasmo, sus *Demostraciones geométricas de la existencia de Dios y acerca de la Inmortalidad del Alma*. Era amigo del jesuita Francisco Javier Alegre, quien escribió un grueso tratado de gnomónica y otro más de elementos de la geometría. De éste aprendió la construcción y el uso de instrumentos matemáticos a la manera de S´Gravesande, además de serle inculcado el orgullo por la ciencia de la Nueva España, que empezaba a ser independiente de las mentes europeas.

De León y Gama amaba a Arquímedes, poseía un ejemplar traducido del griego al latín de su *Arenario*, al cual llamaba el *Harenaria*, así como otro del *Progymnasmata* de Tycho Brahe, el maestro de Kepler, y uno del *De umbris idearum* del hereje italiano Bruno. De joven, su abuelo le había dado a leer la cita de San Agustín que reza:

El buen cristiano debe tener cuidado de los matemáticos y de todo aquel que haga profecías vanas. El peligro ya existe porque los matemáticos han hecho un pacto con el demonio para oscurecer el espíritu y confinar al hombre al reino del Infierno.

Pese a la advertencia, optó por ser matemático a la vez que cristiano cabal: estaba al tanto de las cosas de su tiempo y aunque leyese a Giordano Bruno y de vez en cuando se divirtiera con los juegos de azar y las apuestas, se le consideraba un dechado de sobriedad.

Al trasponer el sirviente la puerta de la casa de De León y Gama hacía rato que éste lo esperaba con ansia. ¿Lo ha visto?, le preguntó impaciente. Lo he visto, don Antonio, respondió Hernán. El sabio miró el semblante abatido de Cuevas. No parecía el de siempre, pero conocía el carácter impredecible del sirviente. Hernán, indagó De León y Gama sin poder contener la agitación, ¿le ha recibido?, cuénteme qué le ha dicho el hombre. El otro respondió: Le conoce, señor, ha escuchado de usted y de su obra, también dice que está dispuesto a verlo, ...en unos días. ¿En unos días?, ¿acaso se halla indispuesto para una simple plática?, increpó el matemático. Debe ser, don Antonio..., debe ser, dijo el viejo antes de guardar silencio.

La estancia estaba oscurecida tras caer la tarde y un débil rayo de sol se desvanecía sobre el anaquel donde reposaban libros polvosos, varios de ellos sin abrirse desde hacía mucho. Los ojos del científico se posaron un momento en ellos. Está bien, instruyó Antonio de León y Gamma, no tengo prisa por verlo, y usted vaya en paz, don Hernán, luego le enviaré una carta al hombre. Cuando Hernán se marchaba, el matemático pudo ver cómo sus pasos vacilaron. Susurró: ...quisiera decirle algo señor... lo que ocurre es que... Dígamelo pues, me mata con sus misterios usted, don Hernán, atacó el científico cerrando de golpe un libro que hojeaba. No me causa ninguna confianza, gimió Hernán, cuando hablé con él parecía que me dirigía a un muerto y no me gustó nada. Mhhh, dicen que es raro el individuo. Sí señor, dijo el viejo, pero su mirada..., tan sólo con verlo a los ojos se encoge la piel, además tiene la voz apagada, como si padeciese de una angina y está rodeado de cosas extrañas: de una de sus paredes colgaba el *Políptico de la Muerte*, o eso me pareció, y vi en el piso un recipiente con sanguijuelas. ¿Conoce usted el *Políptico de la Muerte*, Hernán? Sí, don Antonio, confirmó el sirviente para sorpresa de su empleador. De León y Gama acotó: ¡Debe estar enfermo, Hernán, acuérdese que muchos usan las sanguijuelas para hacerse sangrías y curarse heridas! Si usted lo dice, así sea, pero hubo algo más que me espantó, chilló la voz del sirviente: tenía un reloj sobre su mesa que marchaba al revés, ¡las manecillas se movían en sentido contrario!

Antonio de León lo recorrió con la mirada. Pareció estudiar lo que diría al viejo. En el anaquel de los libros buscó entre fajos de papeles. Removió libros. Sopló el polvo de documentos hasta extraer cuidadosamente un folio marcado.

Estoy acostumbrado a las rarezas de la gente, dijo, ni los que se dedican a la ciencia no son ajenos a ellas. Extendió a su interlocutor el papel.Eso me lo enviaron hace cuatro años para revisarlo, por esas cosas ya no me extraño, y mire que es una rareza: lo escribió un franciscano de la provincia de Yucatán al que la Inquisición estuvo a punto de ahorcar. Cuevas tomó la hoja y leyó en voz baja un larguísimo título a la usanza barroca: *Sizigias y cuadraturas lunares ajustadas al meridiano de Mérida de Yucatán por un antíctona o habitador de la luna, y dirigidas al bachiller don Ambrosio de Echeverría, entonador de Kyries funerales en la parroquia del Jesús de dicha ciudad, y al presente profesor de logarítmica en el pueblo de Mama de la península de Yucatán, para el año del Señor de 1775.*

¡Hombre, don Hernán!, exclamó el sabio, un fraile erudito hablando de habitadores de la luna. ¡Dios nos libre!, se persignó el buen sirviente al responder. El hombre tenía ya bastante para ese día, salió de ahí a cumplir con otros deberes importantes. De León y Gama se quedó con sus libros en silencio. Pensaba en el individuo de la discusión. Sí que era extraño. Pero se murmuraba que tenía una rara habilidad contando objetos de gran número y para los cálculos mentales. Aquello le había quitado el sueño. Luego de un día extenuante, juzgó que valía la pena quedarse leyendo un poco más. Encendió su lámpara de aceite cuya luz alumbró la habitación y proyectó simultáneamente un cúmulo de sombras que danzaron al ritmo de la llama.

EL APARATO GIRABA OBEDECIENDO LAS LEYES INMUTABLES DE la sincronía. Cada pieza comunicaba a las otras un movimiento preciso a través del riguroso metal de su estructura. La tensión de un muelle se liberaba con solidez por todo el engranaje hasta desembocar en un elemento que, sin cansarse, oscilaba alrededor de sí mismo, del centro de su centro, para establecer la regulación que rige los asuntos de los hombres.

Las manos del relojero ajustaban el artefacto como una deidad creadora en el momento de dar los últimos toques a la obra que será, por designio, el testimonio del *mysterium* en todo el futuro por venir. Se trataba de un reloj inglés, una máquina impecable cuyos tornillos y engranajes fabricara en persona el famoso Ramsden, hombre apasionado por la exactitud y la pericia. Pertenecía a un adinerado surtidor de cacao de la Calle de la Concepción. El *tic-tac* producía un eco que rebotaba en las paredes del cuarto cerrado, iluminado apenas por dos velas mortecinas. Así, mientras el relojero miraba la oscilación inquieta del volante de bronce, los laberintos de su memoria se retorcían de maneras aviesas y conducían a los días en que éste aprendiera la relojería y el arte terrible del *relox universal*, la técnica mediante la cual se ajusta la sincronía de la máquina con la de los astros del cielo. Su maestro decía: *el tiempo y el destino son uno solo.*

Para el dominio del arte se requerían años de aprendizaje en la variación de tiempos y estaciones, la observación de las estrellas y la caída de los granos en el reloj de arena. Se debía tener una conciencia serena acerca de la muerte, rectora del movimiento del engrane, además de amplia destreza en la manipulación de los números. Los números eran su vocación primera. Desde pequeño contaba. Números y más números fueron pronunciados por su boca. Nunca supo nadie del origen de ese apego. Contaba todo ante sus ojos: los pájaros en los álamos, los cirrus en el cielo, los balcones de las plazas, las casas de las calles, las calles mismas. Enumeraba los toques de las campanas eclesiales, los pasos que daba alguien de un lugar a otro, las palabras en el sermón de los domingos, las letras de tal o cual libro... Una vez quiso contar las luces del cielo estrellado, pero el sueño lo venció antes de conseguirlo y se sumió en un despeñadero oscuro, donde el alma confundida descubre nuevas preferencias. A partir de entonces, experimentó un singular placer al contar sólo cosas excepcionales como los graznidos de los cuervos, los gorjeos de la lechuza vaticinando la muerte, los gemidos que daban en el orgasmo las criadas al copular en los graneros con los sirvientes, los aullidos penosos de los perros en la intemperie o el doblar de las campanas en fechas fúnebres. Su tutor, José de Zaragoza, se desconcertó al hallarlo contando las hormigas que devoraban el cadáver de un pájaro.

Un día descubrió por accidente su habilidad para hacer cálculos sin recurrir al papel: regresaba a casa de De Zaragoza y luego de haber mirado la numeración de las casas en una avenida pronunció sin querer una cifra. No tardó en percatarse de que aquel número no era otro sino la suma de los que había divisado, hecho que comprobó haciendo la suma en el suelo con un trozo de carbón. Todo *aparecía* en la mente. Transcurrido el tiempo le era posible, de un único vistazo, saber si las cuentas de la casa eran exactas y varias veces calculaba las más largas en cuestión de segundos. El astrónomo poblano don Miguel Francisco de Ilarregui le pidió computar las epactas del año lunar. Otra ocasión, en una visita con su protector a la biblioteca de Palafox, elevó mentalmente al cuadrado, y luego al cubo, la cantidad de libros de ésta, dejando boquiabiertos a los presentes. Los números eran, pues, la razón de su existencia.

Al partir José de Zaragoza a una larga misión evangelizadora, lo encomendó a Dios y le deseó suerte con el oficio que le enseñara. Podía hacer lo que desease. Él guardó un duelo de tres días. Luego se sintió dueño de sí y decidió probar con las andanzas. Recorrió poblaciones de Cholula, Huejotzingo y el Valle de Texmelucan. Trató con menesterosos y ladrones. Convivió con herejes y estafadores de todas las calañas. Durmió con aventureros y rebeldes que ya hablaban de liberar a la plebe de la corona española. De día trabajó para granjeros y terratenientes y por las noches se refugió en posadas. Cierta ocasión, en la añosa hostería *El Fogón*, despertó sobresaltado: gotas pegajosas de sudor lavaban su frente. Tenía la *urgencia* de algo. Un sueño le trajo a la memoria aquel instante del pasado que cambió su vida y le costó el exilio. El día del eclipse. Una larva hiriente empezó a retorcerse en los intersticios de su vientre. Se persignó varias veces como aprendiera de De Zaragoza, pero la Providencia no acudió en su auxilio. Transcurridos varios meses, comprobó que no podía contenerse más. En las posadas frecuentó a las prostitutas que en voz baja le llamaron a sus aposentos: la mayoría de las mujeres eran desdentadas y feas, sólo pocas eran jóvenes como Policarpo. Una de ellas, Crescencia, se decidió a instruirlo en los goces de la carne, mismos que procuraron al principio deleite a Policarpo, y luego un remordimiento debido a las anteriores enseñanzas de su mentor. El jesuita le había previsto de la tentación perjudicial de las mujeres de toda clase. Por las noches Crescencia dormía con Policarpo sin que éste la tocase más. Éste volvía a pensar en su necesidad *esencial*, imposible de descifrar. Asistió donde había enfermos graves, pero nadie estaba próximo a morir. Acudió a lugares donde el trabajo era peligroso, mas no había accidentes que cobrasen vidas, como tampoco halló víctimas de estocadas o golpes fatales al recorrer caminos frecuentados por salteadores. Nuevamente permanecía despierto durante las noches, hundido en mares de inquietud, mientras la joven prostituta juntaba su cuerpo al suyo, pronunciando en el sueño nombres de amantes anteriores a él. Policarpo dio a la mujer las pocas monedas que le quedaban y le pidió que se marchase para siempre. Dejó pasar algunas semanas hasta que cierto domingo, entrada la tarde y aprovechando el descuido de un pastor, hurtó un cordero tierno. Llevó a la criatura a su posada. Llegada la noche, bajo el manto de la oscuridad cuyos dominios son la mitad del mundo, estranguló mesuradamente al animal para escuchar, con nitidez, los signos de su asfixia y enumerarlos. Apenas se tranquilizó. Al poco tiempo volvió a estrangular, ahora a un perro. Siguieron más ovejas. Cuando no hallaba estos animales debía conformarse con gallinas. A veces se introducía por las noches donde los pesebres y con una soga estrangulaba mulas y yeguas. La gente empezó a alarmarse al descubrir muertas a sus bestias, se organizó en grupos que recorrían con antorchas y lámparas las veredas de noche, precedidos por perros de agudo olfato. Él huía a otros poblados y se internaba en los bosques profundos del Popocatépetl. Cerca de una casucha abandonada encontró un ganso enorme y lo llevó consigo. Al iniciar su ritual de muerte con el ave, el animal aleteó con fuerza y logró liberar momentáneamente el pescuezo, dándole un fuerte picotazo en plena garganta: desde entonces menguó el timbre de su voz. Aquella característica, unida a su palidez y lo perdido de su mirada, terminó por infundirle la apariencia de un autómata parlante.

Sólo después de quince meses De Salazar pudo sentir alivio pleno: paseaba por un riachuelo cuando llegó adonde un campesino se bañaba. Se ocultó entre los arbustos de la hondonada adyacente al río para no ser visto, esperó con frialdad a que el hombre se vistiera. De pronto, a modo de soplo repentino cayó sobre éste y apretó el cuello de la presa. Para entonces sus manos eran ya dos tenazas férreas que estrujaban a conciencia, con dosis controladas de presión, como maquinaria medieval construida para el caso. El campesino, con los ojos descompuestos, jadeó hincado ante su verdugo, quien en voz alta jadeó también, pero con placer, hasta que todo se redujo a un número. Al final, satisfecho, talló en el tronco del árbol más cercano al cadáver la cifra crucial. Era un número bello, pues se trataba de un impar primo.

Después de largos devaneos decidió que regresaría al lugar que lo vio nacer. Llegó al mediodía con un maletín maltrecho donde se hallaban sus escasas pertenencias. Avanzó por esas calles que tantos años dejara de ver, pero que reconocía a pesar de haberse modificado. Policarpo de Salazar y Hurtado estaba ya instruido en las cosas de la vida y contaba con tres ocupaciones: era relojero, calculista y asesino.

LOS TRES HOMBRES SE ENCONTRABAN EN EL ESTUDIO DEL matemático. Habían sido tres los intentos de De León y Gama para reunirse con Policarpo: éste accedió al final luego de conocer la reputación del científico y el interés común por las cifras y la medición del tiempo. Ni el candil encendido lograba disipar la niebla que parecía emanar de los ojos del calculista, aunque éstos brillasen a intervalos como los de un reptil a punto de clavar la ponzoña. Sobre la mesa yacían varios libros abiertos, entre ellos uno de Gamarra y Dávalos con cálculos abreviados de guarismos enormes, y *El relox preciso*, la obra de Salazar Mendoza que hiciera populares en la Nueva España los relojes mecánicos de muelle en espiral. Ya que De Salazar había rechazado la invitación a sentarse, los hombres permanecían de pie, llenos de incomodidad. La atmósfera era densa y se palpaba la tensión en cada partícula. Incluso la llama misma de la lámpara se retraía al silencio hecho de cuando en cuando. Cada razonamiento de Policarpo de Salazar evidenciaba la educación jesuita recibida por su tutor, a los que había agregado sus juicios propios, desarrollados en las andanzas y esas noches solitarias cuando se debatía en pensamientos apremiantes, diríase que torturados. Don Antonio, en cambio, hablaba con la mentalidad de un iluminista, influido empero por las ideas de Athanasius Kircher.

Después de un lapso callado, se escuchó el carraspeo de Hernán y De León y Gama volvió a hablar: Así es precisamente la naturaleza de los números, sobre todo pensando en que se emparentan al orden de la vida, aunque somos nosotros quienes los gobernamos y regimos su manifestación abstracta en nuestras mentes, no importa que a veces se nos escape del dominio...

Se hizo de nuevo el silencio, un silencio espeso. De Salazar se movió de su sitio y tomó un tintero. Escribió en el papel una lista de guarismos.

111 111
222 222
333 333
444 444
555 555
666 666
777 777
888 888
999 999

El matemático miró los números intrigado. Mientras usted hablaba, dijo el otro con la mirada puesta en ninguna parte, he encontrado el mecanismo que los engendra: basta manipular los primeros números del conteo... ¿Cómo es eso?, muéstreme, pidió el científico. A continuación el relojero señaló: 37 por 91 es 3 367, los múltiplos de 33 son

33 (3 367) = 111 111
66 (3 367) = 222 222
99 (3 367) = 333 333
132 (3 367) = 444 444
165 (3 367) = 555 555
198 (3 367) = 666 666
231 (3 367) = 777 777
264 (3 367) = 888 888
297 (3 367) = 999 999

33, 66, 99, 132,.... Después vomitó una serie de números y operaciones aritméticas que De León y Gama registró con rapidez para no perderlos.

¡Dios, mío!, exclamó el sabio al mirar la tabla, qué asociación tan extraña.

Los ojos de Policarpo brillaron con la satisfacción de los tiranos cuando comprueban la extensión de sus dominios, su poder insospechado para subyugar a las multitudes. Hernán contuvo un avemaría y se persignó a medias con la mano sudorosa. Hacer esos cálculos con la sola cabeza era, con toda seguridad, obra de Satanás. Sería un don que el Inicuo reservaba a sus siervos para conquistar adeptos a las tinieblas. En la academia de San Carlos, por otra parte, el matemático escuchó sobre gente capaz de hazañas parecidas, pero en nada igualaban tal complejidad: estaba hipnotizado ante el desfile de números, producto de ese visitante. Que el caos guardase un orden, lo asustaba.

Policarpo de Salazar, dueño de la situación, tomó la palabra y pronunció esto con su voz apagada: El descender de las puras ideas a los caminos tortuosos del hombre, se convierte en el motor de grandes abominaciones. Era un profeta de lo ominoso elaborando enigmas para la atormentada especie que recorre un sendero incierto hacia la luz, buscando saciar su sed. Cuando un puñado de arena, continuó el calculista, se escurre entre los dedos, en la huida de cada grano empieza y termina la agitación de grandes números.

Siguió de nuevo el silencio. A propósito de que la arena había sido mencionada por el relojero, De León y Gama abrió el *Harenaria* que se hallaba en su mesa. En éste se representaban cifras más allá de la miríada y números de magnitudes indescriptibles, difíciles de concebir. Lo mostró al calculista. El *Harenaria* contenía las notas de una mente osada que engendrara ideas delirantes, como la de llenar la totalidad del universo con granos de arena, para luego calcular el número de éstos. Números que emanan de partes secretas de la mente para surcar la inmensidad. Sí, números descomunales que evocan el peso de lo eterno, el desvanecimiento ante sombras enormes que la vista no termina de abarcar. La mirada del calculista adquirió un brillo desconcertante. En su rostro no había expresión. Le impresionaba la idea, pero dejó patente al estudioso que se había referido a *otra* cosa. Chasqueó la lengua. Sus ojos tornaron el brillo en profundidad: en ella, la nebulosa marcaba una pauta, sugería ese lugar profundo como cavernas silenciosas en que palpitan vértigos y trazos sin fin: morada abismal de monstruosidades cuyas blasfemias ensordecen al mortal, incluso al inmortal, pues son los estruendos de voces inicuas que pronuncian cifras mayores que el infinito.

De León y Gama, matemático de profesión y hombre por excelencia ilustre, comprendió el mensaje de esa mirada. Los números del *Harenaria* se reducían al tamaño de ridículas hormigas que avanzan con torpeza sobre la tierra de los mortales. Tragó saliva salada, saliva de vértigo. Todo giraba en la periferia de su mirada cuando presintió la existencia de cosas que la mente vomita por instinto para no llegar a la locura.

Policarpo de Salazar rompió el silencio con ademanes y palabras para marcharse. Antes de hacerlo, miró largamente a los dos hombres que se quedaban conturbados. Parado en el umbral de la puerta, luego de una pausa, repuso como despedida: No son tantas las estrellas.

LA GENTE QUE HABITABA LA CALLE DE LA BUENA MUERTE ERA silenciosa, hosca. Era la calle de los devenires por donde la gente se apresuraba en busca de los curas de la Plaza de San Pablo para solicitar la confesión de sus moribundos. Las miradas de los moradores ignoraban al transeúnte: perdidas en la monotonía, sin signo alguno de vida, parecían contemplar hacia el interior de ellos mismos, ahí donde no existen las noches con sueños sino sólo oscuridad, cavidades en las que antes se guardara el conocimiento del dolor, y ahora nada. Eran espejos empañados reflejando caras sin emoción. Rostros de nadie.

En ese entonces la ciudad de México, capital de la América Septentrional en la Nueva España, era un nido de ladrones y serpientes. El virreinato se hallaba al borde de la decadencia. En los altos aposentos, la nobleza se arrebataba los títulos cual pájaros rapaces en coro de graznidos. Gobernaba el virrey Martín de Mayorga, caballero de la Orden de Alcántara, hombre considerado austero, impulsor de las artes y piadoso, pero que ignoraba o parecía ignorar la administración impía de las jurisdicciones en manos de sus cohortes, o el robo de éstas a los pobres, quienes al ser más miserables se robaban entre ellos. En las calles la gente arrojaba trapos viejos y malolientes desde los balcones de los pisos altos. Desde las puertas bajas, lanzaban tiestos rotos, perros y gatos muertos. Las plazas servían de mercados y de rastros: numerosos perros, muchos de ellos con sarna, se congregaban ahí en pos de los desperdicios. En Plaza Mayor se regateaban esclavos en tráfico ruin. De entre los charcos y lodazales volaban moscas para colocar sus larvas en frutos y fritadas que luego se vendían. Desde las ventanas colgaba ropa de convalecientes de enfermedades contagiosas. De ellas mismas caían maderas podridas sobre la cabeza de los que abajo compraban. Mendigos, unos ciegos y cojos, otros arrastrándose, pedían caridad en verso o mostraban llagas asquerosas o piernas monstruosas al descubierto. La plebe andaba casi desnuda, no sólo por los raquíticos salarios, sino por sus vicios y juegos de toda clase culminados en riñas callejeras, las cuales suministraban presos a las cárceles y cadáveres a los cementerios, cuando no más heridos que serían después mendigos.

Pasaban por las calles reos destinados a la horca, azotados por el verdugo de la Sala del Crimen o la Santa Inquisición. Pasaban pregoneros de edictos, circos ambulantes y convites para certámenes de la Real y Pontificia Universidad. Pasaban clérigos severos de sotana oscura, ante los cuales el mundo se arrodillaba y descubría. Pasaban carretas y cocheros, indios y mestizos, mulatos y gente de otras castas pregonando a los cuatro vientos su mercancía.

Luego del diurno bullicio, se imponían la oscuridad y el silencio: el fantasma de una mudez espectral recorría las avenidas dormidas, aún sin alumbrado, por las que sólo se atrevían a andar los locos o los ebrios. Por la Calle de la Buena Muerte se oía el desfile del Rosario de Ánimas nocturno al son de una tétrica campanilla, suplicando lastimeramente que se rezaran padrenuestros y avemarías por el descanso eterno de los difuntos.

En esas mismas noches, al interior de su habitación silenciosa, el relojero de la Buena Muerte (como le llamaban ya para entonces quienes le conocían) contaba los segundos para dormirse. Un segundo. Dos. Cincuenta. Mil cien... Desde su lecho numeraba los estertores del tiempo a la luz de la vela que amenazaba con extinguirse. La sincronía de la aguja avanzaba en movimiento angular con determinación hacia la muerte. Pero lo hacía al revés, en ese reloj que Policarpo mismo construyera y cuyas agujas marchaban hacia atrás cual si intentasen la recuperación del tiempo perdido, la vuelta a los años mozos en los que lo primigenio sonríe y acaricia

LA MARCHA EN EL SENTIDO CONTRARIO A LAS AGUJAS DEL RELOJ, ese artefacto demente que viera Hernán Cuevas en el taller de De Salazar, fue el motivo para que comenzase a circular rumores en Plaza Mayor. Ante los comerciantes afirmó que las dotes del relojero se debían a poderes obtenidos con brebajes de los indios idólatras en las inmediaciones de San Agustín de las Cuevas. Mencionó que en su taller había contemplado también instrumentos malignos, entre ellos un péndulo que nunca paraba de oscilar: ¿qué mejor prueba de un pacto con el Maligno? Afirmó que poseía un compás ajustado a la abertura adecuada para que, al trazar una circunferencia con éste, quien la miraba moría. Según el sirviente, había en poder del relojero reglas de medición y cordeles especialmente graduados para conocer la cercanía de los muertos y la espantosa Llorona. No bastando con ello, le atribuyó la posesión de manuales en lenguas paganas con números para invocar a los demonios de Legión. Sabe de maldiciones e injurias con las que el hombre se condena por toda la eternidad, dijo. Su inventiva aterrizó en los oídos toscos de la plebe, gente humilde que lo escuchaba y se confundía, pues mientras algunos pensaban al verlo en el 'Anticristo que viene', otros suponían en él a un sanador por imposición de las manos. Hubo quien lo creyó un ángel caído, investido en prendas de carne y hueso. Alguien más lo imaginó vuelto de entre los muertos.

Los escasos relojeros de la época intentaban extraerle conocimientos particulares sobre el tiempo y se inclinaban con respeto cuando conseguían que hablara del arte de establecer períodos, de las proporciones exactas entre las partes del *relox*, o de la Analítica de las medidas, incluidas las instrucciones para realizar monturas en el rubí tallado de los pivotes y la colocación del sistema de escape, ya fuese a modo de volante o péndulo.

Cuevas distaba de sospechar que sus palabras desmedidas tenían parte de razón: en el sitio de sigilo mental de De Salazar y Hurtado trabajaba un reloj secreto cuyas manecillas se acercaban a las doce en punto de la medianoche.

Sin imaginar lo que su criado hacía correr de boca en boca por las plazas (en breve planeaba tomarlo por secretario), De León y Gama también pensaba en el relojero. Trazó números ante su mesa.

La matemática y el arte están ligados por lazos íntimos, se dijo. Lazos anudados entre sí, palpables en la oscuridad que envuelve con tibieza el sueño de los hombres. De León y Gama percibía belleza en los roces tenues de la geometría subterránea, o en la formulación abstracta del álgebra. Delineaba curvas y se aplicaba al juego de las fluxiones y la cuadratura de curvas evocada en el *Tractatus* de Newton. Fijaba también su atención en eventos astronómicos y de la atmósfera terrestre, mirando todo como a través de un caleidoscopio: diversidad en la unidad, colores novedosos, demasiadas formas. Se dejó fascinar desde el inicio por las configuraciones que se perfilaban al avanzar la construcción del Palacio de Minería, obra a cargo de Tolsá, arquitecto y escultor arriesgado que reincorporaba a la tradición arquitectónica los elementos básicos de la simetría y la proporción del lejano grecorromano. Sí, señor, sostenía, Manuel Tolsá es el artista capaz de fundir la frialdad matemática con las texturas sutiles del arte, traspasando así los límites del humano ante el acto creador. Al caleidoscopio pertenecía también todo aquello relativo a la navegación y a la deformación de las longitudes, tema tratado por José de Zaragoza y por Diego de Guadalajara y Tello en su periódica *Advertencias y reflexiones varias conducentes al buen uso de los reloxes*, que aparecía desde 1777. El reloj y la ciencia de la navegación formaban una unidad indestructible. De Guadalajara y Tello era maestro de Matemáticas en la Real Academia de San Carlos, donde el nivel abstracción era elevado y la comunidad se mantenía al tanto de los avances recientes. Lo mismo ocurría en el Real Seminario de Minería, lugar de altas matemáticas, superiores a las de la Universidad Pontificia. Aquel sabio veía la *reloxería* como un arte liberal y coincidía en los gustos de De León por la proporción y simetría. Ambos tenían sus opúsculos e investigaciones propias y hasta ahí llegaba la relación entre ellos. De León y Gama, por otro lado, había acariciado la idea secreta de clasificar con meticulosidad todo el conocimiento matemático de entonces: jamás lo haría: el tiempo es un ente más escurridizo que el agua o la arena.

Entre el incansable ir y venir al Seminario de Minería, absorto en revisiones y comentarios a textos científicos, libros y simbolismo, el matemático se dio tiempo para pensar en los ya dos encuentros con el calculista. La voz del hombre era imposible de apartar del recuerdo. ¿Cómo se le habría vuelto tan grave, tan apagada? Meditaba en las entidades monstruosas que planteara el relojero, arriesgando la idea de que, acaso, no mereciesen el nombre de números. Aunque no podía compararse él en habilidad y rapidez, era también por su cuenta un excelente manipulador de números. Aplicandolos métodos de Leibnitz era capaz de obtener magníficas aproximaciones de números irracionales a varios decimales, entre ellos, por ejemplo, el número π, mismas que le sirvieran para el análisis del problema de la cuadratura del círculo. En su segundo encuentro con de Salazar, iniciada la discusión, el matemático recurrió al trazo de una circunferencia, un dibujo perfecto que realizó sin auxilio del compás.

La fascinación del círculo no está sólo en su forma, aseguró De León, también se halla en su centro, el punto del que parecen huir todos los que se hallan en la curva para equidistar de ése y conseguir la máxima simetría conocida. La distancia de todos ellos a ese centro enigmático, continuó, posee una relación que las culturas diversas entrevieron, pues cuando el doble de esta distancia divide a la longitud de la curva cerrada surge un número maravilloso, por excelencia hipnótico, la cifra perseguida con extenuante esfuerzo por los antiguos: desde Atenas hasta las tierras paganas de los moros y musulmanes, fue añorada, asimismo en Florencia y en las regiones altas de la cima del mundo, ¿sabe?, ahí mismo donde se asentaron las terribles dinastías chinas y tártaras, y ni imaginemos cómo la persiguieron los egipcios, los babilonios, los caldeos, todos por igual, heredando su sueño a los pitagóricos, los gnósticos cristianos, incluidos los magos, hasta que finalmente se comprobó que la Tierra es redonda: ¡de nuevo el círculo se encontraba ahí! Después se demostró que la Tierra rota sobre un eje, explicó el sabio, todo aquello que rota describe circunferencias en torno al centro geométrico de la forma que gira...

Ignorante del mecanismo para calcular la relación mencionada, Policarpo pidió a De León los números que debía dividir para obtener la cifra maravillosa. El número de círculos que puede trazarse es infinito, respondió éste, tratar de encontrar dos cantidades cuyo cociente genere nuestro número, conduciría a un grave problema. Le refirió que una aproximación dada por Arquímedes fue mejorada después por el chino Tsu Chang cuatrocientos años después de la ascención de Cristo. Chang llegó a un número sólo aproximado, pero imperfecto (escribió el sabio en una hoja de papel): *3.1415929...* el cual no era precisamente el buscado, pues tenía exactitud hasta la penúltima cifra escrita. Además, el número de decimales existentes debía ser infinito y era imposible predecir de manera alguna el siguiente en la lista. Mire, Policarpo, si le interesa hay una técnica matemática útil para calcular paulatinamente sus decimales, la inventó no hace mucho un alemán, aunque es laboriosa y exige cálculos y más cálculos para ir obteniendo cada cifra con precisión, señaló el matemático. Muchos cálculos... No hay problema, pensó con arrogancia el calculista. Un esbozo de las técnicas de Leibnitz convenció a Policarpo de lo contrario. Con la palabra 'cálculos', el matemático se refería a técnicas del álgebra y a un equivalente de las fluxiones de Newton. Para el otro todo era número. Después de esa sorpresa empezó su obstinación por conocer esos números caprichosos que, divididos, originarían ese otro, ignoto también. Debía tenerlos enfrente, bien determinados, para después manipularlos a su manera. De León y Gama pronunció su sentencia: No se puede lo imposible. Pero el calculista ya pensaba sin escuchar, sin ceder el oído al mundo. Empezaba a sumergirse en abstracciones, en mares de números salvajes que se agazapaban en su interior, buscando aquello que estaba seguro existiría. De León lo vio marcharse con el semblante duro y lleno de cautela: como un animal que ha sido burlado.

De León y Gama pensó en lo que habría ocurrido si Arquímedes hubiese tenido aquella habilidad para calcular con la mente. ¿Existiría su geometría y catóptrica, su hidráulica?, ¿se habría perdido en el océano de las cifras sin fijarse en la amenaza de Marcelo, aquel depredador romano a quien combatió valerosamente con su ciencia? Especuló el sabio. Imaginó una visión monstruosa en la que Galileo vociferaba números de todas las proporciones desde lo alto de la torre inclinada, con la gente de Pisa anotándolos enloquecidos. Si de algo tenía certeza, era de que la relación de las formas con el número no es gratuita: imposible hallarla con sólo la forma o sólo el número.

¿Realmente estaba seguro? Compartía el desconcierto inicial de Policarpo, tanto así que en la víspera de la noche, tras una cena que apenas probó, sintió la compañía de finas partículas flotantes en el aire: entraban a su cabeza por los ojos, por los oídos, por todas partes.

YA EN SU REFUGIO EN LA CALLE DE LA BUENA MUERTE, EL calculista tomó cordeles de diversas longitudes para rodear los contornos de círculos cortados en madera. Conoció el suplicio de la incertidumbre, y era aquello que oculta las cosas en su auténtica dimensión, cuando se persiguen números inaccesibles a la burda acción de medir: porque medir es sólo adivinar.

Se preguntó por el álgebra a la vez que se confundía con la geometría de los infinitesimales. Ese Leibnitz... Pero los números eran su vida y *obtendría* sólo a partir de ellos, sin artificios de ninguna especie, la enigmática cifra. Los valores que resultaban de sus cálculos mentales, consecuencia de mesuras imperfectas, le aproximaban a una cifra apenas mayor al tres, con decimales difusos y tan variables como variaban las incertidumbres. La escala de medición nunca se ajustaba al caso, se requería que las cuerdas no quedasen en puntos imprecisos de la graduación, pero aquéllas se obstinaban en desplazarse o elongarse. Cuerdas como trampa. Pretendía atrapar un número cuyas décimas danzaban macabramente antes de esfumarse en la aspereza de la realidad. Era cierto que la circunferencia regía el tiempo como es un hecho que los engranajes del reloj son circunferencias dentadas. El relojero deseaba cifras cognoscibles y existentes como las del mar agitado en su interior, siempre dentro y no fuera, huyendo de la mente que trata de apresarlos. La geometría debía ser mentira. Desde ese momento, el acto de calcular adquirió la dimensión de un desafío febril surgido de la nada para el buscador de números, pues miraba tesones escondidos en la llama fulgurante cuya luz es tan clara que enceguece. Presentía cifras manipulables con naturalidad que diesen paso al éxtasis. De seguro el matemático conocía varias de ellas y no deseaba revelarlas. Pronto lo buscaría para extraerlas, de ser necesario por la fuerza.

La circunferencia era un ardid del movimiento, ilusión o quizá creación, así como quizá lo era el tiempo, urdido por una mente obstinada en distorsionar la realidad. Eso: eran una creación engañosa.

Ni Policarpo de Salazar ni De León y Gama sospechaban que cerca del sitio de sus breves encuentros, justo nueve años atrás, se había configurado en secreto un artificio desconcertante. La Nueva España era centro de creación de entidades mecánicas regidas por el engrane. Máquinas para lo que fuese, como vomitadas de los bocetos de Leonardo. Artefactos para confección de objetos de cuero o para la trituración de granos. O para el hilado requerido en pequeñas factorías y los telares que competían con las manos artesanas y cuyos engranes colaboraban al movimiento veloz. (Otras más devenían en abortos de mecanismos abandonados bajo cobertizos o fundidos para aprovechar el metal en herraduras de caballo.) Aquélla, sin embargo, poseía ya forma. Se había liberado de la mente de su creador y tenía acceso al reino material. Era la máquina dada a luz entre un enjambre de locura, búsqueda y tormento interior. Un mecanismo capaz de algo que quizá nadie, en la América Septentrional, habría imaginado. Sólo requirió meses para que su hacedor desentrañase de las leyes universales las medidas de sus ruedas dentadas y rodillos, manivelas y otros ingenios apenas concebibles y que rondaban, justamente colocados, en la cercanía de cada montaje. No se parecía a nada de lo antes visto. Máquina-monstruo configurada, primeramente, en la marea de un cerebro relegado al descubrimiento entre sombra y luz. Construcción mental con reciente estructura y dimensión. Engendro elaborado a solas. Su diseño se inició en silencio y en el silencio se concluyó, sin que nada compartiese con ese molesto bullicio del lugar donde se le construyera, cercano al edificio naciente que pronto sería el Palacio de Minería.

DE TODOS LOS CRÍMENES QUE EN VIDA COMETIÓ POLICARPO DE Salazar y Hurtado, en sólo uno derramó sangre.

Empezaba a correr 1781, un año más del Señor para los prelados, y el asesino inició sus incursiones a la casa de De León con el fin exclusivo, aseguraba, de aleccionarse en cuestiones fundamentales de la matemática. El matemático lo recibía con entusiasmo, aun cuando el carácter del relojero seguía causándole recelo y perplejidad. Quien no se mostró conforme fue el sirviente. Siempre que pudo, con pretextos de índole diversa, le dificultó el acceso a De León y Gama y con ello a las cifras, de tal modo creó alrededor de sí una aureola de luz amarillo pálido que le exhibía como prospecto a las puertas del Hades.

Sabedor de que sus rumores en las calles aledañas a la de la Buena Muerte no consiguieron el efecto deseado, Hernán elaboró nuevas tretas para luchar contra su enemigo. Su miedo a las usanzas del hombre se había convertido en veneno (¡cuánto lo odiaba!): terminó comportándose con la altanería propia de los virreyes frente al pueblo.

Cierta mañana, el matemático buscó entre sus folios unos documentos y notas escritos por su propia mano. No aparecieron. Sin éxito registró de cabo a rabo el estudio, la casa, hasta los rincones del patio. Increpó a Hernán para que los buscase también. Nada hallaron. Dando los objetos por perdidos, se sumió en el abatimiento. El no hallar sus notas, entre las que estaban sus observaciones a los textos de Galileo, o las referentes al asunto de la medición del tiempo, amén de sus investigaciones en álgebra para responder al problema de las raíces de los polinomios de cualquier grado, le condujo a un letargo deprimente que fue consumiendo su cuerpo y espíritu. El alma se oscurece contemplando incluso la espuma del mar: la del sabio se entristeció al ver los agudos arrecifes con los que chocaba en las aguas de lo incierto. Hernán tenía conciencia del estado anímico de De León y Gama y pensó que era lo mejor para la realización de sus propósitos. Sí, él mismo había ocultado los documentos fuera de ahí. Preparó un plan de chantaje que destruiría al relojero, exhibiéndole como vulgar ladrón. Abrigaba la esperanza de que ello fuese el pretexto ideal para que la Sala del Crimen registrase sus objetos diabólicos y se le enviase a la horca. Sólo requería ocultar los folios en un nuevo lugar, justo el taller del calculista. Así, alejaría para siempre al repentino estudiante del sabio. Actuaría luego de ponerse el sol.

La noche elegida para la estrategia, esperó impaciente las altas horas. Salió y dirigió sus pasos a cierta capilla sucia y olvidada, refugio de mendigos insomnes. Ahí, bajo una tarima de maderas vencidas, se hallaban los folios. Poco después caminó hacia la Calle de la Buena Muerte en la oscuridad suspendida que velaba el empedrado de la vía. Su silueta avanzaba como ánima triste, cual fantasma de regreso a su lugar húmedo en el nicho del olvido. Eligió la parte posterior del taller, cuidándose de ruidos delatores. Logró introducirse con sigilo por una ventana, al lado de la mesa donde yacían relojes en marcha. Sabía que De Salazar pernoctaba ahí, por tanto avanzó a tientas palpando los objetos. Escuchaba los pulsos violentos de su corazón. Sus manos temblaban. Un movimiento equivocado y todo se vendría abajo, el relojero abriría los ojos y luego nada tendría sentido: el acusado ante el tribunal podría ser él. Pasaron minutos de larga angustia, en la que Hernán Cuevas permaneció inmovilizado. ¿Debía acaso estar ahí?. No lo sabía ya con certeza, pero se encontraba a un paso de su objetivo, sólo bastaba ocultar los papeles en el taller e irse aprisa. Respiró y siguió moviéndose. Ante sus pies apareció por sorpresa un objeto imprevisto que le hizo tropezar, luego caer con todo su peso a la vez que los papeles se desprendían de sus manos. Se trataba del contenedor de las sanguijuelas que una vez le causara repulsión. El recipiente se derramó, las extremidades del viejo quedaron a merced de los asquerosos animales. Su cuerpo aturdido y derrumbado en el suelo (no supo durante cuánto tiempo), reaccionó sólo al sentir las ventosas de las alimañas, introducidas en su cuerpo por los pliegues de su ropa. ¡Estaban succionando su líquido de vida! Se retorció de dolor y horrorizado gimió. Tenía rota la pierna izquierda, así como los dedos de una mano. Pronto se escucharon pasos. La luz de una vela se fue definiendo e iluminó los contornos del cuarto, después los de un rostro cadavérico. Policarpo se acercó, los miembros y músculos vencidos del anciano fueron incapaces de responder. Algunas sanguijuelas sin suerte se retorcían en el suelo en irreversible agonía. El asesino las miró antes de recorrer la vista por los papeles desparramados, por último posó sus ojos en él. En ese instante el viejo supo que su antipatía, su odio por el calculista, habían sido correspondidos desde hacía mucho. Fue levantado por las manazas del relojero, quien le llevó a un rincón junto a la vela. De Salazar miró al techo como agradeciendo, a la vez que una furia contenida asomó a sus facciones. A continuación dirigió la vista al hombre desesperado y con la voz cavernosa pronunció: Esta noche te enseñaré a contar.

Con calma preparó los objetos necesarias para el suministro de la muerte.

Sujetó al anciano y le ató con fuerza los pies, el extremo de la soga empleada fue pasado por un soporte de madera del techo y Hernán Cuevas quedó colgando con la cabeza hacia abajo. Su enemigo recogió las sanguijuelas vivas, las colocó en la cubeta y acercó ésta justo debajo de quien colgaba. Con el cuchillo de cocina hizo una incisión en la sien del viejo. Había elegido una vena de la que inició un proceso de sangrado parsimonioso, una a una caían al cubo gotas gruesas de la vida. Eran fácilmente distinguibles y numerables. El sirviente miraba difuso e invertido el rostro de aquél que, con avidez, pronunciaba números mientras la consciencia del otro se fundía con un círculo trazado a espaldas del asesino. El criado murió con lentitud mientras escuchaba las cifras en progresión de su propia muerte.

Los parásitos de la cubeta se agitaron con avidez entre la sangre fresca. De Salazar y Hurtado estaba exhausto por la excitación. Revisó el contenido de los papeles tirados: entre ellos había ecuaciones de álgebra. Miró el cuerpo rígido. Pasó el resto de la noche concentrado en fraccionar el cuerpo inútil de manera tal que, entre el número de trozos y el de gotas de vida contadas, existiese una relación numérica. Metió con sumo cuidado las partes en un costal de ixtle. Muy de madrugada salió a Plaza Mayor y, entre vísceras putrefactas de cerdo y reses, arrojó los fragmentos de la víctima. Los perros más osados, es decir, los más hambrientos, mordisquearon con sus fauces desesperadas el costal. Al despuntar el alba, devoraron los restos triturados del anciano, ante un sol que emergía rojizo del horizonte: como la sangre.

POLICARPO HOJEABA POR LAS NOCHES LOS PAPELES DEL matemático.

Tenía en las manos un arcano indescifrable e hipnotizante. Los manuscritos antesala de su aprendizaje retorcido, conformando así el ingreso a nuevas pesadillas. Aprendió rudimentos del álgebra, mismos que consideró viles y a la vez retomó fascinado. Los sueños de la razón comenzaron a producir monstruos, visiones dislocadas ante la vela que iluminaba las hojas amarillentas. A solas, el asesino parecía insuflado de más vida, sus facciones se iluminaban mientras éste emitía chillidos entrecortados de placer y también de dolor. Cada afirmación del manuscrito hacía parpadear el calculista, uniendo como por descuido el mundo inicuo de las ideas con el de la materia. Mucho de lo que aconteció después, se debió a la mala concepción que, de lo abstracto, tuvo ese hombre sombrío. En su lectura a los papeles de De León halló una anotación que afirmaba: *Para el álgebra un número es algo común: el álgebra generaliza el número.* Después seguía un esbozo, a la manera de De León y Gama, de la teoría de las ecuaciones y las propiedades generalizadas de los números, ahora sustituidos por letras. Más adelante se explicaban las ecuaciones cuadráticas, antes de ahondar en las técnicas de Tartaglia y Cardano para las de orden tres. El texto era profuso en detalles: las hojas, al parecer, estaban ordenadas sistemáticamente para conformar un libro. Se analizaba la solución por raíces cuadradas para la ecuación de orden dos y un artificio árabe con el que se conseguía, también, la misma respuesta. *El álgebra simplifica con su soberanía las cosas de la vida, no se ocupa de los menesteres que la vuelven sombría*, decía el texto. De Salazar cerró los ojos con una mezcla de repulsión y devoción. El conglomerado de ecuaciones le confería sensaciones opuestas y contradictorias, sinsentidos que abrían resquicios y puertas en su mente y luego las azotaban con violencia. Una de esas puertas quedó abierta: ¿puede resolverse una ecuación, utilizando no álgebra, sino algún tipo de intuición numérica, un *álgebra de la mente* sin la necesidad de papel ni *letras*? Derrumbado por la fatiga de sus vanos intentos, permanecía sentado durante noches ante los papeles. Pronto su cabeza fue víctima de pulsos violentos en cuyos límites deliraba pensando y luego soñando. En una pared, junto al esqueleto del *Políptico de la Muerte*, pintó signos tras elegir al azar una ecuación llamativa en las notas de Antonio de León: $x^2 - 3^3x + 3^3 = 0$.

Así, el tiempo lo sumió en el infortunio. Poco a poco se perfiló la forma que tendría su ahogo. Transcurrido el tiempo calculaba con furia en su mente, a veces por días seguidos, para hallar sin el empleo de la aborrecible álgebra la solución de aquella igualdad. Nada obtenía. Estaba enfermando y padeciendo. En su frustración arrastraba miserias espirituales, pensamientos malévolos y penosos, todas sus vergüenzas. Permanecía con la vela encendida y miraba la *ecuación*, mientras las hojas del calendario se marchitaban y caían cíclicamente del árbol del tiempo. Pensaba junto a Catedral, en las plazas y las afueras de los leprosarios. La forma desconcertante y seca de la *ecuación*, el tiempo que pasaba impasible y esos números tormentosos e invisibles de días y de noches, marcaban su rostro. La gente de la ciudad tropezaba con él, los relojeros, los carboneros, mujeres que afilaban cuchillos y tijeras, los carreteros y los niños: era una sombra sin cuerpo que la proyectase. Todos lo evadían para continuar su camino.

De Salazar y Hurtado abandonó los relojes para siempre. Dentro de su habitación volvía a concentrarse, una y otra vez al lado de la vela. El tiempo se estaba consumiendo en esa llama que fulguraba y, pálida, ardía. El matemático preguntó por él sin éxito.

Aunque en las notas matemáticas del sabio se acotaba la infinitud de ecuaciones como aquélla, él siguió concentrado sólo en ésa. Arriesgaba mares de números, cascadas de cifras y cifras en el desempeño diario al que sometía la cabeza a punto de estallar. En ese período sintió cientos de vértigos que le orillaron en precipicios sin forma, ahí donde se arrojan cabezas incapaces ya de producir ideas, como nueces vanas que al golpearse delatan su oquedad y ruedan cuesta abajo antes de ser aplastadas. En vano el sondeo a ciegas tratando de palpar en el vacío, un vacío pegajoso, su *álgebra de la mente*. Reconoció al mirarlo el rostro de la neblina: primero ante el círculo, ahora frente a la cuadratura de la ecuación. Haber ido en pos de ilusiones sin fondo, sin reflejo siquiera, lo dejaba decepcionado. Se dijo: El mundo es un espejismo atroz (en su desolación pronunciaba por primera vez la palabra atroz). Se le observó solitario en los puentes, ante todo de noche. *Contaba objetos*, decían los vecinos de la Calle de la Buena Muerte. ¡Era tan terrible la nada! El rostro de Policarpo había cambiado, su piel tenía el aspecto de la madera reseca y rajada por el tiempo. Hacía años que el viejo Hernán había muerto, y con toda seguridad los perros que se tragaron sus restos, pero la venganza del sirviente se había consumado desde el fondo del Hades. La destrucción fue peor que la planeada por el criado y ocupaba ya su sitio en el trono de la fatalidad. Al final de la fascinación, tras sus esfuerzos de titán de la mente, escaparon los años y sólo halló números difusos, tristes, incompletos.

Urgía llenar ese vacío con la presencia de sí mismo y, como hijo pródigo, volver a sus números elementales. El número se toma de la realidad, pensó en su habitación, y no de los espectros. Debo salir a las calles por ellos, terminó diciendo en voz alta. Era momento de sentirse de nuevo él y recomenzar su obra. Existe un gozo incomunicable al enumerar los signos de una vida que palpita entre los dedos mientras se va desvaneciendo.

LA GENTE TEME A LA OSCURIDAD, TAMBIÉN A LA LUZ. A FINES de 1789, apareció por las noches una luz desconcertante en las alturas. Su fosforescencia abarcaba la totalidad de la bóveda celeste, aterrando a los habitantes de la ciudad de México. Nadie podía explicarse de dónde procedía el fulgor que evocaba a los espectros. Robaba el brillo a las estrellas. Negaba la luna. La luz fantasmagórica permanecía suspendida en la altura, como líquido luminoso regado por el cielo llevándose el aliento de las almas. En esas noches de terror el brillo helaba los huesos, detenía el corazón de muchos como la acción de un soplo desde la lejanía sideral, el anuncio del fin, la mirada de Dios que despierta de un gran sueño y está a punto de ver el pecado de las almas: ojos que todo lo contemplan, hasta lo más profundo, para luego enjuiciar con la ira de los siglos.

Muy pocos salían de sus casas. Gemían las viejas tras olvidar el contenido de los rezos. Los niños eran envueltos en su totalidad con mantas o prendas de lana, mientras sus padres imploraban por el regreso de la sombra. Sollozando arrepentidos, los hombres se despojaban de sus vicios como si fuesen prendas sucias, las cuales quedaban en el suelo. Las mujeres abandonaron los chismes y vigilaron sus lenguas mientras apretaban con suspenso el escapulario. Dejaban de copular con sus maridos o de ponerse la mano en la entrepierna cuando estaban a solas. Las damas de la nobleza, mujeres de varones criollos y avaros, perdieron sus grasas al olvidar la gula, luego de abandonar con susto los dulces y el apreciado *chocolatl*. No faltó quien esparció cenizas en sus lechos y se hincó sobre granos de arroz que herían sus rodillas entre rezos vehementes. Otros más daban caridad y se vestían de pobres, castigando también su cuerpo. Todo mundo empezó a verse envuelto en un aura de santidad: su beatitud hedía, porque sin disimulo era el signo de una manifestación hipócrita, surgida de la ansiedad por una redención que se presentía lejana y sin embargo se anhelaba, como desearía el sediento beber vino agrio o agua del mar, o sangre, lo que fuese con tal de subsistir. Así las almas agitaban los brazos con la intención de no hundirse en sus naufragios y su miseria. De algunos lugares surgieron *profetas*. Gente desamparada se dirigía aprisa al Santuario de Guadalupe, los demás templos y capillas se llenaban también y en sus adentros se escucharon himnos entonados con fervor. Cada sacerdote era encarnación de la esperanza: los religiosos eran abrazados con desespero entre mares de veladoras cuyas llamas oscilaban a causa de un vientecillo helado y triste, infiltrado por las grietas en los techos de los templos. En esas noches luminiscentes, las palomas de los templos se posaban en las cercanías y emitían zureos, volaban sobre las azoteas próximas ofreciendo un espectáculo siniestro: no anuncio de paz sino la advertencia de que devorarían los cuerpos de los caídos en juicio, como las aves de carroña que en realidad son. Los mendigos señalaban el cielo con sus extremidades monstruosas y deformes, al tiempo que maldecían y miraban despectivos. Arácnidos y alimañas salían inquietos de grietas y cuarteaduras de las paredes. Se contemplaron alacranes juntando en pares sus pinzas: realizaban una danza macabra bajo ese reguero de luz, desborde de la Vía Láctea y de los astros.

Aquel impredecible evento de los cielos afectó por igual a las mentes supersticiosas como a las cultas. Fueron pocos los individuos que se mantuvieron en pie y buscaron en el método de la ciencia las causas del incidente, sin poner de por medio sus propios temores. Uno de ellos fue el mismo De León y Gama, quien elaboró su propia teoría sobre el fenómeno, una disertación basada en la teoría del éter, el cual era, a su juicio, influido por la luna: *La luna es el agente que pone en movimiento y agita el éter.* Se ignoraba si el fenómeno de la aurora boreal ocurría en la atmósfera o por arriba de ella. De León y Gama aseguró que la aurora acontecía por encima de las capas atmosféricas. Luego surgió otra teoría propuesta por el físico meteorólogo J. Francisco Dimas Rangel: éste aseguró que cierto agente eléctrico inflamaba la materia atmosférica. Con el tiempo se sabría que el más acertado era Dimas Rangel. Mientras tanto, el pueblo sin formación alguna clamaba despavorido y temeroso bajo aquel 'incendio del horizonte'.

Justo por esos días en las calles, en las plazuelas y bajo los puentes, empezaron a hallarse cadáveres con el rostro lívido. En las facciones petrificadas de los cuerpos se distinguía el terror, pero no estaban muertos de miedo: habían sido estrangulados. Las evidencias de angustia persistían en las lenguas contraídas y retorcidas, o en los ojos fuera de órbita de aquellos retirados de la vida con arrebato. El miedo que inspiraban se debía, en parte, a que parecían continuar mirando la causa de su muerte.

DON FERNANDO MANGINO FUE INFORMADO DE LOS HECHOS POR la policía del virrey. Hasta entonces la administración a su cargo (por instrucciones del mismo De Angulo y Bodoquín, caballero de la Orden de Calatrava) había hecho manifiesto que podría seguir siendo, por mucho tiempo, la mano derecha del virrey y legitimar su popularidad como gobernante. Ahora, algo espantoso estaba ocurriendo en las calles.

En la Calle de la Leña se encontró a un hombre con la garganta atrofiada y la manzana de Adán hundida. La gente había clamado aterrada: el muerto, con la boca abierta, daba la impresión de implorar con un gesto de angustia por el aire que no aspiraría nunca más. Su vista estaba congelada en el acto de mirar la muerte y en los labios tenía el maquillaje violeta intenso de la sangre confinada, además de hallarse terriblemente contraídos los dedos del cadáver, todo él. A los dos días, en la Calle de las Vizcaínas, se halló a una anciana. Por igual, el signo de la asfixia levitaba sobre su rostro. Los ojos inyectados en sangre parecían salidos de su órbita. Se había ahorcado a la mujer varias horas antes y su pequeño cuerpo, encogido, mostraba la rigidez de quienes ni siquiera muertos descansarán. La policía anotó en el informe para don Fernando Manguino que la vieja tenía espuma en la boca, hizo hincapié en el hecho de que de su endeble cuello, amoratado y descubierto, colgaba una pequeña imagen de Guadalupe con las manos empalmadas y su rostro de paz, de tibieza, tan distinto al desfigurado de la pobre difunta.

Brumas espesas suplieron a la luz del cielo que tanto clamor había causado en los días anteriores. El espanto permaneció por la ciudad con otro rostro. Un esqueleto entonaba canciones fúnebres en las callejuelas y puentes, era momento de rogar por no ser uno de esos cuerpos sin aliento aparecidos por todas partes. Las sombras, las luces, los murmullos de la ciudad, el ajetreo: todos los sonidos se habían vuelto estrofas de la melodía que canta la muerte para los hombres mientras hila, con las manos huesudas y frías, la rueca del devenir.

No tardaron en aparecer más cuerpos. Una mujer joven. Luego dos hombres. Quien mataba lo hacía con una violencia sorprendentemente medida, conjugando la sangre fría y el temple del asesino respirando en la oscuridad. No tardó en haber más muertes por las inmediaciones. El suspenso del pueblo. Los cuerpos se descubrían en capillas, mordisqueados por los perros en tiraderos de basura, algunas veces en las fuentes.

Una vez sumergidos en la niebla, se acentúa el aspecto de ausencia de los muertos. Pero los rígidos cadáveres que se retiraban de las aceras semejaban estatuas vivas, torturadas, que de un momento a otro lanzarían el grito atorado en sus gargantas. Fernando Manguino se persignó en secreto al pensar en esos alaridos contenidos, cuyo eco habría inundado la ciudad. Por vez primera el pueblo oyó el cántico de los seres descarnados que conservan los ojos demasiado abiertos para jamás cerrarlos. De Angulo y Bodoquín, el virrey caballero, ordenó pesquisas y búsquedas sin resultado alguno, ante lo cual montaba en cólera contra sus hombres. Era un hombre despiadado, experto en el desprecio, especialmente hacia los indios. Con la arrogancia del que dispone de cuestiones militares, vociferaba y describía en público castigos crueles, con la esperanza de causar temor al criminal. El Tribunal del Santo Oficio pronunció por su parte sentencia: en sus dictados mencionaba el potro e instrumentos diversos de tortura que reposaban silenciosos en sótanos y calabozos húmedos.

Prosiguieron los impulsos del homicida. En ocasiones cesaban un mes o poco más. Luego volvían como olas inevitables. Las víctimas amanecían bajo el Puente de Jesús, el Puente de la Misericordia, el de Juan el Carbonero, el del Obispo y otros sin nombre. A veces se sacaban de las acequias que atravesaban esos puentes. Del de Jesús, se retiró un niño frágil, el cual en su infortunio conoció el mismo tipo de muerte. Encolerizado, don Fernando Manguino leyó el reporte. El pequeño tenía una cuerda anudada con tal fuerza en el cuello que, ni la destreza del médico encargado de cortarla, impidió rebanar la garganta tierna, de la cual brotó con lentitud sangre oscura.

Presa de la impotencia, Mangino, ofreció recompensas consistentes en joyas a quien diera pistas útiles para prender al asesino. Por igual, se prometieron grados de nobleza al pueblo sucio e ignorante para hacerlo partícipe en persecuciones. Se prohibió, so pena de muerte, la difusión por medios impresos de los crímenes impíos: no sólo exponían a la crítica y al escepticismo la administración del virrey, sino su autoridad en toda la Nueva España. Era lo que menos necesitaba el máximo jerarca: que los dedos de un matón vulgar, en palabras del propio De Angulo y Bodoquín, pusiesen en riesgo su continuidad en el poder. El pánico de la nobleza creció al hallarse sin vida, en las cercanías al inmueble virreinal, el cuerpo de cierto noble, un tal barón De Santillana y Cosme, a quien se amordazó con firmeza extrema: tenía la boca llena de trapos y papel: en tal ocasión el asesino decidió no estrujar el cuello: con sólo dos dedos apretó las fosas nasales y asfixió al infortunado barón De Santillana. Para fortuna del virrey, el escándalo que habría causado tal muerte fue acallado por la noticia del repentino deceso de Carlos III, el rey de España. El caballero de la Orden de Calatrava exigió al pueblo un luto por su muerte y se amenazó con severas multas a quien no obedeciera. El pueblo no olvidó la preocupación por futuros crímenes.

En días como ése, la horca de la Inquisición, aquella soga pendiente sobre el cadalso en su poste de madera, era apenas un símbolo irrisorio y absurdo.

EN LA CALLE LADRABAN ALGUNOS PERROS Y A LO LEJOS SE OÍA el campanario de la Catedral indicando las once de la noche.

El almacén estaba sumergido en un silencio pacífico, interrumpido apenas por el tintineo de las monedas doradas que doña Gertrudis contaba con ahínco. Gracias a Dios, las ganancias del día superaban a las del anterior. La idea de dedicarse al manejo de granos había resultado grandiosa, mucho más porque condujo con intuición los asuntos del negocio hasta enriquecerse. Los granos se compraban a precios irrisorios y se vendían con un margen de ganancia del triple de su costo. Una vez que la empresa marchó exitosamente, doña

Gertrudis echó a su marido anodino, de escasa ambición, para administrar el negocio sola. Cada grano era pesado y sopesado, no se soltaba nunca una moneda de más. Llegaban maíz, frijol, cebada, cacahuate y amaranto, pero recibía también condimentos como el ajonjolí, el orégano y el clavo que le eran llevados a lomo de mula y otras veces en los hombros de indios sudorosos. La gente de las clases más bajas era la primera en recibir el peor trato de la bruja, quien remuneraba los granos a su antojo (si llegaba a hacerlo), pues tenía el hábito de pagarles pocas veces: para ello se valía de chantajes a los infortunados asegurando, siempre en público, que eran delincuentes que le habían robado. Acostumbraba tener a la mano un *testigo* de modo que la gente, en su condición humilde y asustadiza, se iba con las manos vacías mientras escuchaba a su espalda las carcajadas de la gruesa mujer. Así, las arcas de granos rebosaban como el mar para proveer las afueras de la ciudad. Lo demás se quedaba ahí para surtir a los nobles y pudientes.

Impregnadas de sudor, las monedas pasaban por sus manos desconfiadas una y otra vez. Anotaba doña Gertrudis cifras en un papel raído. La resonancia del oro en una noche a solas es la mejor música para el oído del avaro. La mujer bostezó satisfecha. Contaba con granos y dinero. Con esa fortuna bien podría procurarse con facilidad la compañía de un hombre que reviviera sus pasiones. Le agradaban jóvenes y robustos. Por lo demás, si el mundo se acababa pronto, que se preocuparan los otros: gente de escasa voluntad e imaginación que nada valía. Con la mirada cálida, echó un último vistazo a sus preciados escudos. Bostezó de nuevo. Había en derredor un letargo dulce y envolvente, propicio para no percatarse de que desde la penumbra surgía una figura humana, con el rostro cubierto. No hubo tiempo de reacción. Un cuchillo le rebanó el cuello del que salieron chorros abundantes de líquido que no volverá nunca. La mujer agitó sus brazos robustos, intentó gritar pero sólo consiguió emitir gemidos vagos, apagados. Aún tuvo tiempo para dudar de la realidad de todo ello: recordó al ser tan temido en las calles, pero aquél estrangulaba y a ella le habían degollado. Su esfuerzo por ver el rostro de la silueta resultó por completo inútil. Lo demás fue perdiendo su forma, la vida se le iba con demasiada prisa. Sucumbió ante su propio peso. La lámpara de aceite cayó a su lado estrellándose, mientras ella balbucía y se ahogaba en su propia sangre. Luego, el resto del mundo se convirtió en olvido y oscuridad. En total silencio, el hombre sin rostro salió después de consumado el acto a otra oscuridad: la de una noche sin estrellas.

NO POCAS VECES LA MALDAD SE NUTRE DE LA NIEBLA DE LAS leyendas.

Siglo y medio antes de estos crímenes, a mediados de 1612, pisó las tierras de la Nueva España un caballero español, originario de Burgos, conocido como don Juan Manuel de Solórzano. Llegó con la comitiva de Diego Fernández de Córdoba, el marqués de Guadalcázar. Además de poseer numerosos bienes, el caballero sabía relacionarse con los altos círculos de la nobleza, dominaba muchos temas y tenía el don de la palabra como pocos. Desde su llegada se le profesó respeto a causa del aplomo con que emprendía negocios y, años más tarde, al hallarse al frente del poder Lope Díaz de Armendáriz, éste le colmó de homenajes y favores, hecho que envidiaron enemigos y allegados. Pasado el tiempo, el hombre conoció a doña Mariana de Laguna, bella y virtuosa mujer. Halagado por sus miradas prometedoras, decidió proponerle matrimonio para concretar su ideal de felicidad y dicha. Estableció su vivienda muy cerca de donde Lope Díaz. La amistad se convirtió en hermanazgo y el virrey ofreció a don Juan la administración de los ramos de la Real Hacienda, un puesto importante administrado por la Audiencia a la que no agradó la decisión del jerarca. Se armaron conspiraciones y la Audiencia amenazó con levantamientos populares, a la vez que se circularon rumores embarazosos en torno a la persona de Lope Díaz.

En 1640, la sublevación de Cataluña distrajo la atención de Felipe IV en la administración de su virrey en el territorio mexicano. Las autoridades de la ciudad de México, que se habían considerado agraviadas por las acciones virreinales, vieron la oportunidad de vengarse de Lope Díaz de Armendáriz y, al mismo tiempo, del odiado caballero. Al último dejó de vérsele. Aquí, la historia empieza a mezclarse con el mito. La leyenda conforma e integra en un todo las palabras con los rumores. Entre los ofendidos por la dicha del caballero estaba uno que ahora fungía como Alcalde del Crimen: Francisco Vélez de Pereira. Aprovechando el distractor alzamiento catalán, Vélez de Pereira mandó a prender de inmediato a don Juan, al que se condujo a una celda oscura y maloliente. Ahí comenzaba el infierno. La monotonía acompañó por días los sonidos de las ratas husmeando en los rincones de la celda en busca del pan que se le daba al preso. El caballero trataba de asimilar los hechos y comprender su circunstancia, pues se mantenía al tanto de lo ocurrido más allá de los límites de los barrotes. Cierta noche, su informante de mayor confianza le llevó una noticia que le estrujó y le azotó: doña Mariana de Laguna, su mujer, mantenía relaciones con el Alcalde, el mismo que le había acorralado y confinado en la tiniebla. Cegado por los celos, el agraviado perdió la razón, se adueñó de éste la frustración y una cólera terrible. Se dice que bramaba de dolor y se retorcía en la dureza de su catre. Juró venganza. En su desesperación, recurrió a un amigo acaudalado e influyente, don Prudencio Armendia, quien consiguió sacarlo de prisión. Don Juan Manuel de Solórzano se dirigió de inmediato donde la mujer infiel. La casualidad dispuso los medios para que la hallara en brazos del enemigo. Arrasado por la cólera, arremetió contra el Alcalde y le mató con lujo de violencia enfrente de su aterrada esposa, cuyos gritos se oyeron en toda la cuadra.

Al desconocerse por completo la verdad de un hecho, surgen palabras nuevas, gobernadas por leyes que intentan reconstruir, hurgar en lo que no se vio y penetrar en el fondo mismo de los sucesos. Así es como existe otra versión de lo ocurrido. Se menciona que el caballero, a pesar de sus riquezas y posición social, guardaba una pena profunda en sus adentros, pues su bella mujer no le había dado descendencia. ¡Cuán desgraciado se consideraba! Se procuró consuelo en prácticas religiosas, pasaba días en las iglesias tratando de ver la luz áurea de Dios bajo las cúpulas. Sintió el llamado de los hábitos al grado de pretender la separación de su esposa y pensar en consagrarse a la orden de San Francisco. Por ello dejó de vérsele. En esta presentación de los hechos no se menciona a Francisco Vélez, el Alcalde del Crimen, aunque sí se hace referencia a un amante de la mujer. De Solórzano se enteró de su existencia. Ni el amor a Dios ni los preceptos franciscanos impidieron que en el corazón del hombre anidarse la serpiente de los celos. Terminó arrojando los hábitos al suelo, se recluyó lejos de su esfera social y, a solas en su habitación, empezó a pudrirse de odio. Desconocía la identidad del amante, pero se propuso matarlo. Presa de su delirio, dirigiendo sus plegarias a los demonios. Cierta noche escuchó una voz que le hablaba, no importaba de dónde viniera. El hablante dijo que aceptaría su alma a cambio de la información solicitada. Le dio su primera orden: esa misma noche debía salir a las once y matar, en la oscuridad, al primer individuo que se atravesase en su camino. El caballero obedeció. Sonrió satisfecho hasta volver a escuchar la voz cavernosa. El muerto no es el culpable, oyó, debes salir otras noches a matar y continuar así hasta que vuelva a manifestarme junto al cadáver del verdadero culpable. A partir de entonces, envuelto en una capa oscura y después de pronunciar blasfemias, el caballero esperaba a sus víctimas. Al acercarse un transeúnte, se dirigía a éste preguntando: Perdone usarcé, ¿qué horas son? Le respondían la hora. De entre la ropa el otro sacaba un afilado puñal, cuyo brillo hacía levantar las manos al desdichado, y después de pronunciar ¡*dichoso usarcé, que sabe la hora en que muere!*, se abalanzaba como soplo sobre la víctima y le acuchillaba.

Los amaneceres sorprendían a la ciudad petrificada. De la calle, la ronda matutina recogía cadáveres sin que nadie pudiese explicar el porqué de aquellos crímenes espantosos. El alma sedienta del caballero no se sació hasta virar los acontecimientos de tal forma que se volvieron contra él y una mañana, anodadado, supo que entre los acuchillados se hallaba un sobrino suyo a quien tanto quería. Sollozó de arrepentimiento. Volvió a escuchar voces llamándolo. Pronto comenzó a ver visiones horribles que una noche no soportó más y le hicieron dirigirse donde la plaza a su fatal destino (planeado de seguro por al Diablo). Al día siguiente se le halló colgado de una soga, con el rostro descompuesto.

OCULTO, INSPIRADO POR LA OLA DE CRÍMENES QUE DESDE HACÍA tiempo asfixiaba a la ciudad de México (más ahorcados aparecían), un chacal, un lobo flaco y sucio, comenzó su propia cadena de asesinatos que se sumó sorpresivamente a la primera: no satisfecho al ver la muerte que *otro* causaba, sintió el impulso ególatra de actuar él también y ser temido. Mataba con el estilo del caballero de hacía un siglo, don Juan Manuel de Solórzano. En la complicidad de la sombra, el individuo se agazapaba en rincones insospechados y esperaba. Aquéllos conducidos por accidente a él resultaban acuchillados. Como hiciera el sujeto de la leyenda, antes de sorprenderlos con el hierro les preguntaba la hora. Luego les hundía el filo numerosas veces, o los degollaba. El asesino gozaba derramando sangre, a sabiendas de que desconcertaba a la guardia del virrey y al pueblo. Las calles fueron testigos de sus evasiones pero, mudas, se guardaban el secreto de aquellos itinerarios nocturnos. Ocasionalmente el hombre se introducía a las casas y ahí mataba. La ciudad se tiñó de rojo.

Apareció el coágulo. Horrores y confusión se mezclaban y la policía recorría las calles buscando cuerpos. No aparecían pistas ni signos de luz para guiar sus pesquisas: sólo cadáveres. Los miembros de la corte discutían, alegaban que el asesino había cambiado sus movimientos y no sólo ahorcaba sino también acuchillaba. O bien, había *otro*. Un sacerdote observó en las misas dominicales que la moral y limpieza del alma habían desaparecido.

Se manifestó como estruendo la impiedad. Debió implantarse el toque de queda como emergencia. Con gran desespero, las madres hacían entrar a sus hijos a las casas cuando aún brillaba el sol. La sangre llamaba a la sangre, el pueblo era apuñalado, degollado, cuando no estrangulado o aterrado (el terror es una muerte lenta). Un espectro recorría las avenidas, las inundaba en un tibio y abundante baño de sangre. Era el mes de octubre.

A SOLAS, EN SU HABITACIÓN, IGNORABA EL MUNDO Y LOS ORBES del exterior. Sólo trazaba sus números: De Salazar y Hurtado.

Los meses habían pasado, seguidos de los años. Sereno, Policarpo contemplaba las cifras colectadas durante tanto tiempo en las avenidas. Todas sin excepción eran bellas: números del último alimento de la vida. En las calles la gente seguía gimiendo, la prensa guardaba silencio y por altas órdenes se fingía ceguera en la corte. Individuos sospechosos de los crímenes eran recluidos en calabozos y amputadas sus manos con una sierra, pero los estrangulamientos continuaban al igual que la sangre derramada por obra del temido cuchillo. La obra del otro criminal tenía sin cuidado a Policarpo, cada quien seguía su particular camino y caminaba en la orilla de su propio abismo. En el fondo, sin embargo, le molestaba: las guardias habían aumentado desde entonces y él debía tomar más precauciones. En las plazas, los comerciantes se enredaban en polémicas respecto a los asesinos comparándolos entre sí y hasta los más pequeños opinaban sobre quién era el más impío y despiadado. Dos oscuridades sin rostro ocupaban la boca del vulgo.

Policarpo se había aislado del mundo por otra razón: tres meses atrás, sus acercamientos a las leproserías en busca de víctimas potenciales, le habían llevado al contagio de la afección tan temida por la gente. Cuando salía debía cubrirse el rostro y se arropaba con prendas amplias de mujer. Con trozos de cuero se construyó unos guantes toscos para cubrir las pústulas blancuzcas de sus manos. Los vecinos y gente que le miraban salir pensaban en la *parienta* del relojero. Ya no le prestaban atención: hacía tanto que esa sombra se había mezclado con las siluetas del olvido. En su banquillo repasaba las muertes infligidas. Su manera de actuar era bien definida. Salía en las madrugadas cuando los guardias cabeceaban después de la ronda. Nadie pensó que matara cuando el sol naciente teñía de franjas claras la oscuridad. Si era posible, lo hacía por las noches o en el día, en el interior de alguna capilla aislada donde rezaban penitentes solitarios. En su delirio, apretó cierta ocasión el cuello de una imagen de Santa Teresa. Imaginó el rostro retorcido y contorsionado de la beata. Las huellas sucias de sus manos quedaron marcadas en el cuello helado de la mártir. Importantes eran los resuellos, o el número de éstos y el placer en sí mismo de escucharlos silenciosamente. Cuando así ocurría (y las tenazas de sus manos actuaban), agitaba la cabeza a los lados, el velo se le deslizaba y las víctimas podían ver lo horripilante de su rostro. De Salazar ignoraba que el otro criminal escondía también su rostro, pero mientras a aquél no le contemplaban la cara en el momento de morir, a él sí. Algunas veces, los policías llegaron a ver a Policarpo al despuntar el alba, imaginando por su vestimenta femenina, las enormes naguas y un rebozo a una buena mujer a quien más de una vez le pidieron cuidarse.

Las autoridades prometían la pronta captura de los criminales. Tarde o temprano los tenebrosos caen, aseguraban, como ladrones sorprendidos en la noche, y ya era tiempo de que aquéllos lo hicieran. A la tormenta seguían instantes de calma. Una tranquilidad igual de ominosa en la que se urdía y *experimentaba* con sus cifras de muerte acumuladas con los años en hojas de papel de trapo. Si alguien hubiese visto a Policarpo, habría pensado en un mensajero del inframundo manipulando los números de los enjuiciados en el Día Final. Aquellas cifras emitían sus bullicios lastimeros a la vez que, entre las sombras deformes de la vela, inundaban de sofoco el cuarto del relojero. Ahí se agitaba un mar de confusión y lodo, la insania involuntaria o quizá voluntaria de la mente, tal vez la de una época que guardaba para sí misma su frustración enorme. Era De Salazar y Hurtado un ser dormido emitiendo suspiros desde su sueño sin forma, a la orilla de la sima terrenal. Habitaba en el olvido de los hombres y los elementos, sin integridad ante la noche, condenado a la fatalidad e inmovilizado con enormes cadenas construidas por otras manos. Había caos en su mente, números sin dialéctica, engaño de formas y de una geometría en la que sus pies no encontraron suelo. Había por otro lado relojes en su vaivén pendular eterno, el péndulo que lo mismo es el columpio del infante que el columpio del ahorcado. En el todo agitado por la casualidad buscaba la unión de las partes. Del número quería su conjunción. Las formas con el número, el mundo con el número y el tiempo y la vida, mas resultaba mejor la muerte y el número como sólo elemento de unificación. El número era frío como él y sin embargo decía tanto cada vez. Su preferencia por lo desproporcionado lo volvía íntegro y de manera inextricable era capaz de hacerle vislumbrar la belleza negada por la realidad. Por ello el *Políptico de la Muerte* en la pared. En sus adentros se albergaba un artista mutilado. Quizá la forma habría sido su meta suprema, o el mundo simbólico y abstracto presentado en la *ecuación*. En cambio, el número seguía perteneciéndole. Las cifras frente a sí eran suyas y también los alientos últimos de asfixia que resonaban en las cavidades de su cráneo.

Su habilidad de calculista le permitió establecer relaciones numéricas complejas e intrincadas entre las cifras de horror. Habría llenado libros con esas conexiones, muchas de ellas sorprendentes como la escrita años atrás ante los ojos De León y Gama, el matemático. Así fue como sus sueños, ya medidos por el reloj en reversa, ya amenazados por el movimiento interior de los engranes de otro mecanismo (máquina misteriosa y manipuladora de cifras), iniciaron el vuelo hacia la perdición.

UNA VEZ TERMINADA, LA MÁQUINA PERMANECIÓ DOS MESES EN POder de su hacedor, quien aún se asombraba de que funcionara. Aquello había ocurrido en 1772, mientras Policarpo de Salazar vagaba por poblados perdidos de Puebla, entre estafadores o pordioseros, sin planear aún su regreso a Ciudad de México. El inventor, quien jamás habría imaginado a alguien que calculara con la habilidad de Policarpo, sintió el ansia de ser inmortal. Para salir del anonimato, que es oscuridad y silencio, dio a conocer su obra ese mismo año, ante un grupo de fantasmas con aura de sapiencia. Su máquina manipulaba números. Toda la angustia y éxtasis, toda una apología, los espasmos de amor por una ciencia, parecían brillar esplendorosamente y perfilarse en los engranes de las ruedas giratorias. Cada rodillo giraba también con precisión, comunicando a los otros su impulso en forma de guarismos. La *Rueda Calculatoria* fue presentada por su creador en los términos siguientes:

> Contemplando que la Matemática tiene en todos sus tratados muchas y primorosas demostraciones manuales, con que certifica la verdad de sus reglas, y mirando a la aritmética destituída de un instrumento manual que sirva de testimonio a su doctrina, cuando, como madre suministra la leche de los primeros

rudimentos para el ingreso a aquella prodigiosa Ciencia, he dispuesto esta *Rueda Calculatoria* en la cual no sólo se absuelve la demanda de cualquier cuenta con la mayor naturalidad, sino que hace visible el fundamento y raíz del número, que es el punto.

El aparato sumaba, restaba, multiplicaba y dividía, además de operar con quebrados. Su diseño le permitía obtener guarismos del orden de los cien millones. Los cronistas registraron el hecho y de éste se halla testimonio en la Biblioteca Nacional de Madrid, en la signatura 18744:

Explicación de un instrumento aritmético inventado en Méjico, año de 1772, al cual se le puede dar el nombre de...

La *Rueda* fue cuestionada por miembros del Santo Oficio. Hubo posturas teológicas encontradas en las que se discutió, a puerta cerrada, acerca del móvil dentro del mecanismo: ánimas del purgatorio atormentadas, obligadas misteriosamente por el artefacto a operar las cifras, por el Diablo mismo, o algún espíritu pagano de la cabalística hebrea. ¿Podía la máquina avergonzar al hombre, sustituirlo en las tareas de la mente, esa que le diera la Providencia? Los jesuitas, por el contrario, mostraban optimismo al señalar que Roger Bacon había soñado con artefactos parecidos a ése para el beneficio del hombre: máquinas llenas de prodigio capaces de elevar al humano a reinos insospechados, y no debía ignorarse que Bacon también era un devoto dedicado al Señor...

Mientras tanto, Pascal y su invención, una máquina semejante a la *Rueda* pero anterior a ella en décadas (aunque sólo sumaba), dormían olvidados en la vieja Europa. La *Rueda* fue confiscada discretamente por el clero. Quienes supieron de su existencia recibieron amenazas, incluido el inventor. Se confinó el artefacto en un sótano de la Inquisición, al lado de instrumentos diversos de tortura. Hubo fieles que asomaron sigilosos la cabeza al interior del sótano y contemplaron la máquina aterrados, pues pensaron en los tormentos que el mecanismo debía infligir. Después se tuvo a la invención en otros sitios, hasta que se decidió embarcarla a España, donde se dispondría su destino. El barco encargado del transporte había navegado los siete mares, era una nave vieja y desvencijada como el mundo al que se le enviaba. Los rudos marineros colocaron la *Rueda* en un rincón del vientre de madera del barco, entre barriles con aceites, provisiones de cuerda y mantas. La embarcación llegó al muelle de Cádiz, donde la tripulación bebió vino y se embriagó al mirar su patria. Los hombres olvidaron descargar la *Rueda*. Se envió la nave a las Canarias a otra expedición comercial. Viajó por el África, por Marruecos y Tánger. Bordeó parte del Asia. El capitán del barco decidió aventurarse a las Filipinas y por su propio riesgo hasta el Japón, en un intrépido intento de negociar con los nipones que mantenían a su isla en un aislamiento total del mundo: el *sakoku*, implantado desde 1639 por el shogunato Tokugawa. La nave fue rechazada y la tripulación ensordecida por estruendos de pólvora nipona. El capitán emprendió el penoso retorno y la nave viajó por la inmensidad acuática hasta llegar a las Antillas, navegó las aguas del Caribe en varias expediciones comerciales para dirigirse después con la proa hacia el norte, donde finalmente encalló en la costas de Yucatán, con sus maderas vencidas, derruidas por las sales marinas y el tiempo. El capitán, encorvado ya, redescubrió el artefacto en la parte baja de la embarcación. Lo dejó en manos de los franciscanos de la zona, quienes, imposibilitados e ignorantes de lo que se les entregaba lo enviaron a la ciudad de México. La máquina regresó a su lugar de nacimiento un 28 de septiembre 1794, después de haber dormido en los océanos por 22 años. Quienes la habían condenado, esos viejos religiosos con olfato de zorra, estaban muertos ya. La ciudad era también otra.

Nadie sabía cómo funcionaba el artefacto, su presencia allí era un sinónimo de extrañeza. De la Universidad Pontificia se llevó a las salas del Virrey ingresado recientemente al trono: Miguel de la Grúa Talamanca y Branciforte. En la sala real se reunieron ingenieros, matemáticos y demás pensadores convocados por el mismo poderoso, quien ansiaba saber las novedades de la máquina. Sí, que anduviera o se lograse al menos entender el propósito de los números en sus ruedas dentadas: tal vez fuese un *kalendario mecánico* útil para tenerlo en la sala de audiencias. Nadie pudo conseguir que funcionara.

Cierta mañana, tocó a las puertas del virrey un anciano pequeño e insignificante. Aseguró ser el inventor. Los guardias se burlaron del hombre quien, sin embargo, pidió ser conducido ante la máquina. Branciforte se sorprendió al verlo manipular con destreza el artefacto, luego de pulirlo y de haber reparado un montaje roto a causa de la encalladura en la costa. Todos se maravillaron y aplaudieron, como en un espectáculo de circo. El viejo pedía cifras al azar y operaba con ellas. Otros hacían los cálculos a mano y verificaban los resultados, algunos de los cuales requerían horas para obtenerse. ¡Esa máquina los hacía en segundos! La sala virreinal se abrió durante una semana a los curiosos para que admirasen el invento y apreciaran la generosidad del virrey. Envuelto en una vestimenta que le hizo pasar desapercibido ante quienes miraban a la *Rueda*, con el rostro oculto por un rebozo a la manera de las criadas y útil para esconder su mueca de angustia, estaba Policarpo de Salazar y Hurtado.

ALGO SE HABÍA ESTREMECIDO EN SU INTERIOR. ESTABA INQUIETO Y paralizado frente a la visión de su rostro descompuesto que le devolvía el espejo, un hórrido reflejo que atravesaba el espacio para regresar hasta él, rechazado por el vidrio pulido y su mano constructora. O bien, devuelto por el *kosmos*. Aquel anatema inmemorial devoraba sus carnes: lepra invasora. Algo más purulento, sin embargo, corroía los intersticios de su alma al grado que ni las pústulas en su rostro ni la infección de éstas lo igualaba.

Aquello sin nombre era más profundo que sus noches sin sueño. De Salazar y Hurtado contrajo las facciones como señal de terror ante el vacío colocado por el destino a un paso de sus pies. *Horror vacui*. Estaba por despeñarse. En breve, su integridad se consumiría como cirio aislado del tiempo y de los hombres. ¡Desaparecería! La noticia del artefacto calculador le enmudeció hasta que en la sala del virrey se convenció de lo que decían. No sólo miró su magnificencia, corroboró él mismo su capacidad calculatoria. El viejo inventor dijo ante los espectadores que el principio de su funcionamiento era *bastante simple*, no así su alcance, pues ingentes números que computaba escapaban a la destreza de la mente. Una máquina que calcula, equipada para el arte de la manipulación numérica, y mucho más veloz que el hombre... aquella infamia corrompía los objetos, cambiaba los órdenes de lo existente, y, lo que era peor, desmembraba la perfección. Sus engranes no eran como los del artificio en el amable reloj, más bien constituían dentaduras abominables y peligrosas. La máquina, esa *Rueda* enemiga, le arrebataba algo íntimo para siempre. La oscuridad que sobrevolaba a Policarpo abarcaba lo inmenso con sus alas gigantescas y descendía sobre él con su peso de infinitud. Su vaho de enfermo empañó el cristal del espejo mientras el segundero del reloj, monótono, marcaba el devenir de la condena. ¿Y si la *Rueda* fuese capaz de hallar el número que él no podía, aquel que, sin el artificio algebraico, era en definitiva la solución de la fórmula cuadrática de su desconcierto, la *ecuación*? Sintió pánico. Era muy viable ser desplazado para siempre. No había dormido durante días. Su vida estaba trastocada y dejó de recolectar números en las calles. Ya no más vidas segadas por el momento. Debía hacer algo respecto al artefacto, pensó para sí, un mecanismo así no podía simplemente existir, no mientras él estuviera vivo. Además, era impensable permitir la existencia de algo *no humano* que pudiese superarlo y despojarle de su razón para existir. Ya conocía el infierno por sus llamas, pero había otro detalle digno de su total desasosiego: algunos influyentes planeaban mandar a hacerse réplicas de la máquina, tenían la autorización de la nobleza y sólo era cuestión de esperar la venia de su Señoría, don Miguel de la Grúa. ¡Eso sería el fin! Eran urgentes las acciones, aunque tuviera que asesinar al mismo virrey para llegar hasta la *Rueda*.

Ante el espejo miró de nuevo su rostro, luego el *Poliptico de la Muerte*. Después dirigió con pesadumbre la vista a la ecuación de su angustia. Por último, vio sus números amados, trasuntos de la asfixia. Tomó un fajo de papeles y se dirigió apresurado a la salida de su taller. Arriba se miraba un cielo nublado, negro de humedad, que pesaba sobre la atmósfera de México.

DE LEÓN Y GAMA ESCUCHÓ GOLPES BRUSCOS EN SU PUERTA. EL peso de los años sobre su cuerpo le hizo dirigirse despacio a atender. Estaba casi ciego y sostenía en la mano derecha la lámpara de aceite. Además llovía a cántaros y dudaba que alguien hubiese en realidad tocado, tal vez era el sonido de la tormenta. Al abrir las hojas de la puerta miró un cuerpo envuelto en vestidos de mujer. Las ropas de su visitante estaban mojadas, y él inmóvil. Con trabajo acercó la luz hacia la cara cubierta: imposible mirar las facciones de quien tenía enfrente. Traía bajo las prendas, dentro de su envoltura de piel, un fajo de hojas amarillentas, gastadas, mismo que extrajo del envoltorio protector para extenderlo al hombre. ¡Eran sus notas perdidas! Cuánto tiempo había pasado de aquello, años desde su afán por hallarlas con ayuda de Hernán: ah, ese sirviente que de pronto desapareció sin siquiera despedirse, el muy malagradecido. El matemático había intentado reelaborar sus elucubraciones algebraicas, sin el éxito debido, al grado que la *Gazeta Matemática* rechazó sus escritos. El ser ante su puerta se descubrió el rostro. De León y Gama volvió a levantar la lámpara, esforzó los ojos apagados y contempló. Policarpo estaba decrépito. Le miraba con seriedad y sin decir nada. Luego cubrió su cara con el rebozo y, dándose la vuelta, caminó bajo la lluvia torrencial.

El científico había dado por muerto al calculista. Antaño le vio aparecer de entre la sombra y luego esfumarse como la bruma, pero cuánto hacía de eso... ¿Qué cosa pensar? Sintió un dejo de melancolía y duda al preguntarse si alguna vez el relojero tuvo un sentido en la vida. No todo el que busca encuentra, se dijo cansado. Suspiró. Había vivido ya lo suficiente para no sentir alegría por hechos como el regreso de sus notas, ni intriga por el destino que éstas hubiesen tenido. Luego de abandonar la ciencia matemática, ahora armaba rompecabezas que le eran traídos de Europa.

Cerró los ojos y rezó por el hombre que se perdía bajo las aguas, adentrándose como mártir en un lugar indefinido.

DESDE QUE LA VIO *LA RUEDA CALCULATORIA*, MARÍA ANTONIA, la esposa del virrey, pensó en ella como un buen regalo para su hija. Los obsequios con que la colmaba eran ostentosos, como el nombre que le pusiera al venir al mundo: María Carlota Luisa Guadalupe Carmen Manuela Francisca de Paula Antonia Micaela Lucrecia Josefa Patricia Justa Lorenza Angela y Romana. Aunque el inventor reclamó la máquina, el marqués de Branciporte le extorsionó, desde su fatuo virreinato estaba bien ejercitado en ese arte corrupto al vender puestos públicos, grados o títulos reales.

María Antonia consideraba a hija lo único valioso en su haber. Desde la llegada a la Nueva España sintió un sopor y tedio que jamás se apartarían de ella. Nunca más. En el viaje de Madrid a Cádiz, de Cádiz a la América (hasta el puerto de Veracruz) y de ahí a la Capital supo que su vida el Viejo Mundo se le había esfumado para siempre. Ahora se tiraba al abandono y bostezaba cada vez que la monotonía, la de la vida en el Nuevo Mundo, anulaba todo lo que pudiera ser maravilloso. Las visitas frecuentes de las viejas amargas de la nobleza le causaban repugnancia, sin embargo el peso del oro tiene su precio: el oro exige como costo la vida entera. Su hija, en cambio, le infundía bríos: era el único ser del mundo capaz de transmitirle un halo de alegría. No deseaba que en el futuro fuese como ella, insípida e ignorante, hueca, en otros palabras sin vigor ni gracia, o que perdiese la dignidad de su abolengo manifiesta en el poder de una dama inteligente.

Además, si su hija era instruida y culta, podría con facilidad volver a Europa (ya se encargaría ella de eso) y conquistar al príncipe de Francia o al de Austria. Una mujer instruida vale por cien hombres, le decía. Producto de su ignorancia, la pobre mujer creía que la sola posesión de la máquina aritmética podría infundir sabiduría y conocimiento a quien la poseyera. Por ello se esmeraba en que María Carlota la tuviese en sus manos y, cuando mostraba el artefacto a las mujeres obsoletas de su compañía, presumía. Miren, exclamaba, éste será el regalo de cumpleaños para Carlota.

POLICARPO VAGÓ BAJO EL AGUA QUE SE DESBORDABA DE LOS cielos, recorrió trechos anegados por la lluvia y el lodo. Evitó las avenidas donde ya existía el alumbrado público: lámparas a las que empleados públicos renovaban el aceite noche tras noche. Sus elegidas eran las vías oscuras y lúgubres. Llevaba el alma descompuesta y el cuerpo rígido bajo esas prendas femeninas que colgaban con el peso del agua celeste. A tramos, las calles se volvían laberintos en los cuales se adentraba, mientras relámpagos cortaban la noche con inclemencia. Así, se internó en la Calle de Santa Inés, la Calle del Amor de Dios, la de la Cadena, la de las Moscas, la del Monstruo, la de San Juanico, hasta desembocar en la plaza de San Sebastián mientras la tormenta azotaba el suelo de piedra. Permaneció en la plaza una hora, como sumido en una plegaria hasta que la lluvia comenzó a disminuir. De Salazar dejó su inmovilidad y volvió a caminar bajo las nubes negras. Aquella noche había toque de queda. Leía él los nombres de cada avenida como si fuese la primera vez que las recorriera. Atravesó un puente contiguo a la plaza y llegó hasta la Calle de las Moras, de ahí se volvió a la Calle de los Sepulcros de Santo Domingo hasta llegar a la de la Canoa. La lluvia se había reducido a una llovizna tenue, como un rumor de noche y agua que cae transformado en lluvia de astros luminiscentes: así se veía el agua a la luz de las lámparas colgantes en los postes de madera y las paredes. Gotas de luz caían y luego fluían como riachuelo plateado por la calle de piedra. Era tan tenue la lluvia que no ocultaba los sonidos de la noche: el canto de los grillos y la caminata a solas. Los pasos de Policarpo se escucharon chasquear contra el suelo mojado, deprisa. Un relámpago más tronó en las alturas a modo de murmullo que evoca la lejanía y el fondo de la angustia. Le seguía el silencio de su alma. De Salazar se adentró en las cavernas de su ser, siguió caminando sumergido, ensimismado entre la cortina de la noche que era a veces rasgada por las lámparas. De pronto escuchó una voz: ¿Podría decirme qué horas son?

De nuevo un relámpago surcó la penumbra e iluminó una silueta vestida de negro, con el rostro cubierto. Policarpo volvió de su letargo y miró la figura inmóvil del individuo. El reloj que a veces llevaba consigo se había quedado en su habitación. Sólo eso recordó, antes de advertir que el hombre ocultaba algo entre las prendas. Silencio. Luego el brillo de un metal con filo. De súbito supo que frente a él se hallaba el otro hombre buscado por la justicia de la ciudad, su igual en la ola de crimen y sangre, el degollador tan temido. Vino la confusión repentina. El otro supuso una víctima potencial ante sí, presentía la blandura en la carne de ese cordero tierno. Extrajo por completo el arma afilada. Con un movimiento repentino Policarpo logró descubrir su rostro y arrojar el rebozo de criada al suelo, mostrando así su cara carcomida por la lepra. El hombre del cuchillo retrocedió asustado ante esa visión horrible, estuvo a punto de huir pero recuperó el aliento y se puso en guardia con el arma letal entre los dedos. Con instinto asesino, De Salazar se agazapó también y extendió los brazos: sus manos nudosas y fuertes se mostraron prestas para estrujar, con los dedos tensos y alertas. El degollador de la noche se percató también de una verdad que cegaba como destello: se había encontrado con el estrangulador por el cual se mantenía la promesa virreinal de castigo y tormento. Se reconocieron. Policarpo chasqueó la lengua. La lluvia arreció de nuevo entre más relámpagos y un viento frío que silbó siniestro.

Se hallaban frente a frente por disposición del caos. Los dos monstruos. El hombre de negro contaba con un cuchillo largo y afilado, sus movimientos eran ágiles. Policarpo tenía las poderosas y hábiles tenazas de sus manos, poseía un rostro que ahuyentaba, la mirada de muerto y su voz apagada que intimidaba: Sabrás la hora por ti mismo.

Se preparaba un cuadro violento que nadie jamás contemplaría. Ciudad de México se hallaba dormida bajo la lluvia. La lucha monstruosa que se desencadenaba era el signo de un tiempo cruel, quizá un símbolo. Causas y azares juntos, fatalidad, silencio interrumpido. Sin intención de ceder, ambos esquivaron los ataques y las acometidas. Los dos hombres más temidos y solicitados de la Nueva España libraban un portentoso enfrentamiento. Medían sus distancias mientras vociferaban. Concentrado, Policarpo gesticulaba haciendo vacilar a su enemigo. Le miraba fijamente. El degollador, con el arma en la mano sonreía con descaro de lobo astuto. Lanzó una cuchillada al pecho, otra más al rostro y una al cuello del adversario: todas fueron desviadas. A su vez, con el arma evitaba la cercanía de esos dedos ávidos por suministrar presión. Luego otra cuchillada incierta que pareció dar con algo. Reía el hombre de negro, cuando sintió cómo su garganta se contraía. Los dedos asesinos y certeros habían atrapado su cuello, le apretaban con fuerza desmesurada. Ambos hombres tropezaron y cayeron jadeando al suelo. Los cuerpos rodaron en la lucha y esfuerzo de uno por liberarse y del otro por estrujar. El agua caía desmedida, sólo se podía escuchar el estrépito de la tormenta en que se había convertido la lluvia. Desde hacía mucho, los cielos no se desbordaban de esa forma, insistían en ofrecer una señal. El cuchillo se hallaba en el suelo. Los cuerpos se retorcieron en esa lucha titánica, donde la sentencia de la noche había decidido ya el nombre del que moriría en esa calle. El cuerpo del acuchillador empezó a ceder, se fue rindiendo hasta perder la fuerza. Policarpo se incorporó jadeante y miró al hombre inerte, con el rostro aún cubierto. Le dejó ahí, sin pensar siquiera en rasgar el velo de aquel anonimato. Aún había algo pendiente y él tenía tanta prisa por terminarlo. Acababa de planearlo mientras atravesaba las avenidas.

Sintió un rasguño en el costado, la única herida de la lucha. Y, sin pensarlo más, caminó directo a la residencia del virrey. 🀫

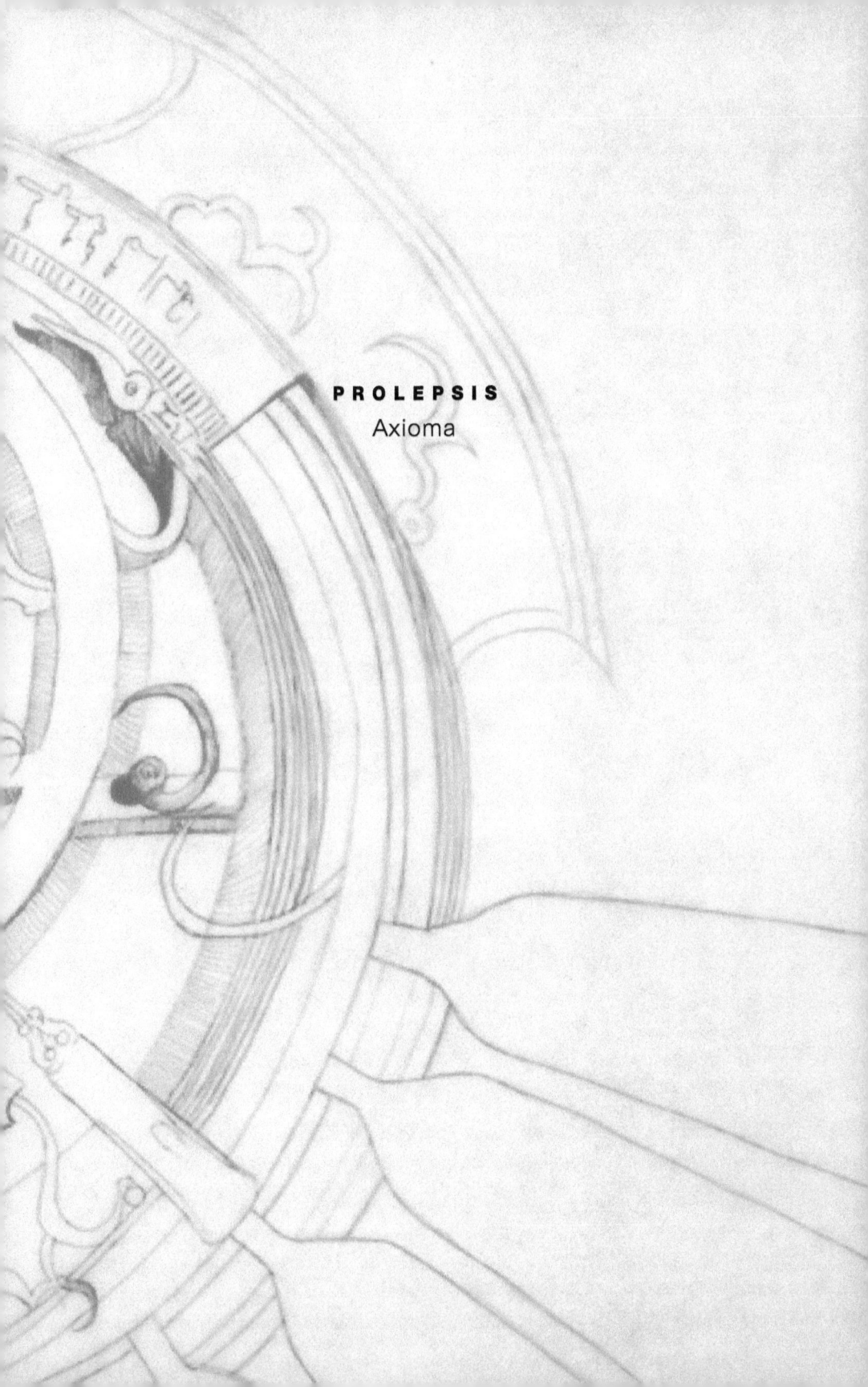

PROLEPSIS
Axioma

Conocí a Marino en una conferencia de lógica matemática y algoritmos que se ofrecía en la Facultad. Amanda, mi mujer, había reñido conmigo antes de marcharse sin nunca volver a casa. Luego de su abandono incomprensible, que me sumió en estados de alta depresión (de eso hacía veinticinco días), Leticia, una amiga, me invitó a esa conferencia que, expresó, habría de estimular mi mente y aligerar las penas de mi espíritu. *Marino Montero, Elementos de lógica matemática basados en la aritmética modular*, rezaba el póster de la plática. Acepté, intrigado por el título tan sugerente. La primera impresión que tuve de él (fungía como profesor recién invitado a la Facultad) fue la de un individuo brillante y atrevido, audaz. De inmediato me causó un hondo efecto. Pero si de algo debemos fiarnos en las relaciones humanas no es de la primera, sino de la segunda impresión que deja cada individuo en quienes lo tratan: de ella se sabe y define si el roce podrá un día sellar en duradera amistad o será sólo eso, un trato llano y simple. Marino no causaba segundas impresiones. Las charlas con él dejaban claro que no sólo era brillante, se trataba de alguien excepcional, único. De inmediato intenté granjearme su simpatía, consciente de que era de esos elegidos de quienes deseamos la venia, un mínimo de admiración.

Hablar del hombre es hacerlo de las ideas, de la lluvia de sueños que deja éste tras la muerte, es, también, referirse a sus problemas y sus dudas. El mundo tiene problemas, casi todos los que parecen insolubles suelen no serlo, entre ellos se encuentran los del espacio vital y la supervivencia, por no mencionar otros de similar índole, o aquéllos causantes de que un hombre y una mujer que se han amado acaben distanciados por hechos de sorprendente nimiedad (eran treinta y dos días de mi separación de Amanda). La mayoría de los atascos insolubles se encuentran no en el mundo de la materia: los hallamos en el mundo de las ideas. Son asuntos de intelecto importantes para individuos que piensan demasiado y se ven sumergidos en abstracciones profundas, de las que algunos no regresan. Entre esos problemas sin solución, existe en matemáticas uno de particular importancia, no sólo por la dificultad de su tratamiento técnico, sino por sus implicaciones de largo alcance en la filosofía del conocimiento: torturan cerebros brillantes e inquietos, mentes como la de Marino. El desafío fue planteado por un matemático holandés que emergió de la oscuridad en 1910, año de ajetreos y revoluciones en el mundo: L. E. J. Brouwer. Nos dice Brouwer que es una cuestión insoluble conocer la certeza o falsedad de un enunciado como el siguiente: *En la expresión decimal de π existen cien ceros consecutivos.* El problema es grave en efecto y no se refiere sólo a ese número de por sí enigmático, sino a cualquier otro irracional, y se puede tratar no de cien ceros, sino de una mayor o menor cantidad de ellos. Lo que no puede hacerse es asegurar si existen o no, para hacerlo necesitaríamos expansiones decimales de infinitas cifras. Así, nos quedamos en la niebla. Se trata de un problema que evidencia la naturaleza no universal de la ley del tercero excluido. Existen en matemáticas preguntas sin respuesta. La del tercero excluido es una ley aristotélica según la cual, para una proposición, sólo existen dos posibilidades de verdad: si una proposición *p* es verdadera, la negación de *p*, *no p*, es falsa. El problema de Brouwer no sólo es un problema de lógica, es un problema con el infinito.

Estando en la Facultad, supe muy pronto qué hay cosas que no deben tomarse a la ligera. Una de ellas es el infinito.

De acuerdo a la leyenda, el último ser humano que dominó la totalidad del espectro matemático fue H. Poincaré, el padre de la topología. Al conocer a Marino dudé que esto fuese verdad: sus investigaciones abarcaban diversos temas y eran publicadas en revistas matemáticas de prestigio mundial. Las revisé con ahínco, presa de una mezcla de admiración y envidia. Si tan sólo hubiese podido elaborar alguno de sus planteamientos…, me lamenté ante Leticia. Por toda la constelación matemática orbitaban demostraciones de teoremas por él elaborados, disertaciones y conjeturas. *The American Mathematical Monthly*, *The Mathematical Gazette*, *Epsilon* y muchas más publicaban sus colaboraciones.

Mi primer *malentendido* con Marino se debió a causa de un ensayo que envié al boletín de la Facultad. En modo alguno pensé que fuese a molestar a su sensibilidad particular. Así comencé a conocerle, a obtener de él esa *segunda impresión* de la que hablaba. En el ensayo exponía algunos conceptos, inteligentes a mi juicio, respecto a la matemática contemporánea. Repito un fragmento de éste y, para que se entienda el porqué de lo que ocurrió después, coloco en cursiva las oraciones que detonaron esta historia:

Eterno debate

Hay quienes aún en los días de la Realidad Virtual discuten si la Matemática, antes de ser una ciencia, es un tipo de lenguaje. ¿Se crea? ¿Se descubre? Lo cierto es que nadie sabe la respuesta. Quizá no sea tan aventurado definirla como un arte formal. *Quien afirme que la Matemática es incompatible con la realidad y la sitúe exclusivamente en el mundo de las ideas, la niega, y no sólo a ella, sino a la historia y al mismo devenir, porque el proceso histórico del mundo es el proceso de larga data de la misma Matemática.*

Se nos ha mostrado ya que un sistema axiomático no es necesariamente autosuficiente, en el sentido de que toda afirmación relacionada con su tema pueda probarse con los solos axiomas de dicho sistema. La complejidad de un asunto de frontera hace que las demostraciones requeridas en éste se tornen cada vez más difíciles. En la Matemática debe demostrarse todo, y sin embargo existen matemáticos herejes que pronostican la muerte de la demostración matemática. Hay otros que aceptan la idea de una máquina para ejecutar la tarea. La disertación respecto al futuro de las matemáticas se ha atendido con desgana, los futuristas evitan en su mayoría el tema.

La Matemática, es decir, el conjunto de todas las matemáticas, surgió, no cuando el hombre adquirió la capacidad de abstraer el número. Lo hizo al comprender éste la recurrencia de algunos fenómenos, cuando podía asegurar que al día seguía la noche, a la noche el día, al día la noche y así sucesivamente. El humano supo de una vez por todas que era posible encontrar un orden en el mundo, la armonía que relaciona sus objetos. La Matemática nació de ese hallazgo. *El número vino después.*

A los pocos días de la publicación de *Eterno debate*, Marino se presentó ante mí con un ejemplar del boletín, mismo que lanzó sobre la mesa ante la que yo bebía café. Hay quien dice que los matemáticos somos máquinas que transforman café en teoremas. Nada más falso que eso, algunos bebemos café para olvidar. Nada era para menos, porque, debo admitirlo, el ensayo fue escrito con la intención de que gustase a Marino. Mirándome con aquella seriedad seca, Marino interrumpió mi elucubración. Tu escrito pretencioso no me convence, espetó. Miré de reojo el título acuñado por mí. Marino, le respondí, los textos son revisados primero por gente competente. Sin duda alguna, mi publicación había pasado por un dictamen, en el que dos de los revisores me sugirieron cambios y precisiones. Esos idiotas tampoco saben nada, reprendió él, creen que porque tienen un doctorado poseen cerebro. En lo que respecta a ti, añadió, llegué a pensar que eras un poco más inteligente. Y remató: Me has decepcionado con tremendas pendejadas...

Ese *me has decepcionado*, pronunciado por su boca, me sonó a descalificación absoluta. Aunque lo hubiese deseado, no podía interpretarlo como un simple reproche, fue *otra* cosa que desde aquel día me hizo perder el sueño. Al verlo en los pasillos me ponía tenso y nervioso. En los seminarios, buscaba llamar su atención haciendo comentarios elocuentes, preguntas imbricadas a los expositores, esperando inútilmente que el peso de sus pupilas se posase en mí.

Marino era de aquellos que detestan en serio la mediocridad. No se conformaba con la obtención de resultados aislados de tal o cual tema matemático. Creaba teorías completas.

Una tarde, en el café de la Facultad, él y Carolina ocuparon un lugar al lado de mi mesa. La joven era una de las numerosas novias que Marino se conseguía y un año atrás Amanda me la había presentado. De hecho, *era muy semejante a Amanda*, no físicamente, sino por las gesticulaciones que solía hacer, sus movimientos corporales. Hasta el tipo de prendas que vestían guardaba un enorme parecido, acerca del cual la gente de la Facultad había intercambiado comentarios. Por su parte, si de otra cosa podía jactarse Marino, era de su habilidad para tratar a las mujeres. Carolina tenía unas facciones hermosas y sobre todo una risa entre infantil y coqueta (esa sí, distinta de la de

Amanda) que a menudo perturbaba, mucho más si se ponía atención en sus ojos claros y profundos, pero no miraba a nadie con ellos, sólo a Marino… Sobre sus piernas largas y bronceadas, que la minifalda permitía lucir con descaro, descansaba una computadora portátil que, decía ella, era regalo de cumpleaños de su madre. Dirigió a Marino una mirada de complicidad. Entonces encendió la máquina. Marino se acomodó en su asiento y cerró los ojos. Le pidió que inventase una operación aritmética, la que viniera a su mente. Divertida, ella soltó cifras, sugiriendo divisiones o productos entre ellas, y él respondía. En el teclado de la máquina, los resultados iban siendo comprobados. Empecé a comprender el juego. Mis manos sostenían un libro editado por la prestigiosa *Springer Verlag*, donde era citado uno de los artículos sobre formas modulares de Marino. Entre las expresiones de excitación de Carolina, traté de concentrarme en la lectura. Entonces, como percatándose de mi existencia, Marino se volvió a mí dirigiendo un saludo. Hizo un gesto como de *tú sí puedes sorprenderme* y me invitó a participar en el juego. Di dos números enteros de magnitud considerable (cómo he de olvidarlos, uno de ellos era múltiplo de cincuenta y cinco, la cantidad de días separado yo de mi mujer) y le pedí el producto. Marino tenía la respuesta antes que la novia hubiese terminado de teclear las cifras. Y estaba en lo correcto. Así permanecimos un largo rato, yo pronunciando números y operaciones, él empleando la cabeza y respondiendo, incluso en el caso de las raíces cuadradas y de órdenes mayores.

Marino era uno de los que en algunas revistas llaman *idiot savant*, por supuesto, sin el calificativo *idiot*. A veces estos *savant* aparecen en películas o programas de TV exhibiendo sus habilidades para el número. En otras actividades, tales seres resultan por lo regular ineptos y retrasados mentales. Es posible que nos topemos con ellos en las calles o en el metro sin notarlo, van contando con la vista multitudes de gente y efectuando complicados cálculos mentales en cosa de segundos. Me sentí entorpecido, usado. El número es primordial y ya era lo que es antes del surgimiento del Hombre, me aseguró Marino con un brillo indefinido en los ojos.

Presentí que lo mejor para mí era evitarlo.

Marino tenía, no obstante, dos defectos notables: uno de tipo físico y el otro psicológico: el primero era el padecimiento de un asma alérgico que le causaban las flores y también el frío de invierno o el estrés: era lo bastante hábil para hacer que nadie lo notara. En cierto debate con un erudito acerca de la validez o invalidez de la definición que pueda hacerse de los conjuntos, y que le ofuscó por la necedad del hombre, quienes presenciábamos de cerca la discusión le notamos una ligera dificultad para respirar. Su otra deficiencia era su imposibilidad para aceptar la existencia del cero, cosa irrisoria en alguien como él. Escribía un millón, por ejemplo, en notación exponencial o hasta con letras para evitarse la repulsión de anotar los ceros, de verlos como enemigos intimidantes. Por ello la cuestión de Brouwer lo aturdía, porque era un hombre alérgico al cero.

Días después volví a encontrarlo en la cafetería, esta vez por accidente. Estaba solo, transformando, él sí, el café en teoremas. Fingí no haberlo visto, pero cuando salió de ahí observé que olvidaba un libro sobre la mesa. Lo tomé antes que alguien se adueñase de él, la curiosidad me mataba. Era un ejemplar del *Scottish Book*, la mítica colección de problemas matemáticos planteados, entre otros, por el gran Ulam. Siempre me sorprendí al leer que el *Libro Escocés* fue enterrado en un árido campo de fútbol mientras sus autores, desperdigados por toda Europa y los Estados Unidos, intentaban sobrevivir a la Segunda Guerra Mundial, bajo la promesa solemne de que los sobrevivientes regresarían a cavar para rescatarlo. En la solapa del volumen Marino había anotado lo siguiente (eran unos versos de T. S. Eliot):

Y aún las Entidades Abstractas/ circumambulan su encanto:/ pero nuestro destino repta entre costillas secas/ para mantener caliente nuestra metafísica.

El número en su infinita primacía. El pitagórico *todo es número* me hacía cuestionar el poder de las palabras. Siempre me ha dolido saber que no sólo soy, como en la distopía futurista, un número, sino muchos números con los que se clasifica mi persona en un acta, en un carnet, en una licencia de manejo, en la credencial para votar, en la cartilla, en la cédula de profesión, en la otra de servicios médicos... Cada uno de esos documentos es manejado por el funcionario correspondiente en término de cifras: en cada cual se pierde el nombre. Quién hubiese imaginado que la mística del griego hacia el número pasaría a ser el culto purista del que hace Teoría de Números, y luego el afán en la elaboración del código criptográfico, con el que se protegen las bases de datos que dan acceso a cuentas bancarias estratosféricas, entre ellas las de gobernantes corruptos que obtienen dinero sangrando a sus pueblos. El número contra el nombre. El número dinero. La disolución del individuo en un mar de cifras de censos poblacionales, censos de pobreza y desnutrición, censos de guerra y muerte.

Entre todos, entre el número áureo, el real, el complejo, el hipercomplejo, el *p-ádico* o el transfinito, resalta un tipo especial de números que pueden determinar la medida del caos: exponentes especiales resultado de una dinámica del mundo modelable. Me pregunto si existe uno que pueda determinar la magnitud de la maldad, del odio, del sufrimiento. O un número que cuantifique las penas de un corazón deshecho. Cuando aprendí a contar, los números me maravillaban. Entonces era inocente.

Dudaba entre devolver el libro a Marino o quedármelo. No quería verlo de nuevo y experimentar sobajamiento. Pese a mi renuencia, opté por buscarlo para entregarle lo que era suyo. Llegué a la puerta de su cubículo, la hoja estaba entreabierta. Si hubiese tocado para que él me atendiese, varios de los hechos que narro no estarían siendo contados. Abrí despacio, sólo quería darle el libro y largarme de ahí, perdiéndome aprisa por los pasillos en dirección a los jardines botánicos de la Facultad. Al recorrer la vista por donde supuse que Marino debía hallarse, contemplé un asiento vacío. En cambio, en el lado izquierdo cercano al umbral de la entrada, me encontré ante algo que me dejó helado: Marino se hallaba de espaldas a la pared lateral de la puerta, frente a una computadora. La máquina realizaba cálculos aritméticos. Al principio interpreté en su actitud un gesto de ironía, tal vez de humor: se encontraba como postrado ante la máquina, y parecía estar venerándola. ¡Alguien tan brillante como él! Era contradictorio, ridículo. La visión me hizo evocar apostasías paganas de tiempos olvidados, cultos sin nombre desaparecidos de la humanidad por obscenos. En cierta conferencia, Marino había dicho ante conocidos y estudiantes que la máquina era la mediadora entre el hombre y los objetos abstractos, incluso entre los números del mundo de las ideas. Hay números que ni siquiera podrían imaginarse, pronunció sugerente, y a los que sin embargo puede accederse vía la computadora u ordenador, como quieran ustedes llamarle. Son cifras innombrables, de órdenes para los que las palabras no alcanzan.

Mi desconfianza fue en aumento. Sin éxito traté de alejar de la mente lo contemplado. Tras mis párpados persistía la imagen vista en el cubículo y cuando me percaté estaba enfermando por su causa. Pero también espiamos lo que nos extraña y fascina, le seguimos por senderos intrincados y sembrados de peligro. A riesgo de perder el empleo, me las ingenié para, noche tras noche, introducirme a su cubículo y encontrar lo que pudiera, algo para saber quién era él. Así di con la bitácora de apuntes donde anotaba, además de sus avances matemáticos, sus introspecciones, todos sus venenos. No era un diario ni nada semejante.

Nota de Marino: El número es frío y severo. El número no miente. He visto en sueños una nueva aritmética en la que no existe el cero.

En pláticas informales, Marino insistía en esos matemáticos que emprendieron sus investigaciones del reino abstracto buscando a la Divinidad. Tal vez, decía él, se plantearon una Religión de la Mente. Luego de aclararnos que no bromeaba, pasaba a explicar que los cultos forman parte del hombre desde tiempos inmemoriales. Y tal como lo afirmó Galileo, secundó él que la matemática es la búsqueda de la Mente de Dios.

En cierto periodo del Japón, los campesinos ofrendaban a sus dioses teoremas geométricos en tablillas de madera: las *sangaku*. También los samurai, allá entre 1700 y 1800, después de la práctica del *bushido* y de afilar sus katanas, se introducían a sus habitaciones a tallar la solución de problemas matemáticos, luego ofrendaban sus *sangaku* en templos sintoístas o budistas a dioses que gustaban de la matemática.

Algo parecido es la Religión de la Mente, opinaba Marino. Dispensaba la idea de un mundo platónico, lleno de la pureza del silencio y del silencio de la pureza. La mente, continuaba él, es un mecanismo para acceder al sitio donde todo es Mente. *Allá*, el mundo matemático existe por sí mismo, a la espera de que descubramos sus entidades. Ahí se encuentra Dios.

Nota de Marino: Busco un tipo de ciencia y de estética donde reine la frialdad. He llegado a conceptos, exclusivamente numéricos, que explicarían el porqué de la existencia de las esferas. A partir de la hiperesfera he hallado los *números artificiales*.

Números artificiales, ¿cómo podría yo entender eso? Reconozco que mi mente apenas bastaba para comprender la estructura abstracta que conforman los números naturales. La Teoría de los Números estudia los números naturales: nuestro primer contacto con lo contable. En cambio, este investigador maníaco había dado con sus números propios, que eran arrojados por un homomorfismo de acción sobre productos de entidades primas, haciendo que coincidiesen con puntos particulares de la superficie de esferas de múltiples dimensiones.

A veces Marino alababa el azar, la hermosura impredecible del azar. Apostaba en los casinos de la Avenida de los Insurgentes, tan controvertidos para algunos. Recuerdo cómo describía con fascinación el movimiento de los dados tras haberse lanzado, esos cubos obedientes al gobierno de los números de la incertidumbre.

Luego de cuantificar los días que me separaban de la que fuera mi esposa (noventa y ocho jornadas), Leticia me dijo: No dejes que la tiranía de los números se te imponga, serás más infeliz. ¿Pero qué son los números sino tiranía? A menos que, hablando en términos generales, el mundo abstracto del que provienen, sostendría Marino, sea también un reino de sola frialdad. Jamás me había detenido a meditar con dedicación en el tema. Las *Entidades Abstractas*... Se trata de un asunto de arduo planteamiento. La herencia platónica de un mundo de las ideas, independiente del hombre y donde existen los conceptos perfectos, fue atractiva para los teólogos además de existir una larga tradición de interacción entre la teología cristiana y la filosofía

platónica. San Agustín vacilaba nervioso al relacionar la omnipoten-
cia de Dios con las verdades residentes en el mundo de las ideas
perfectas. En el pensamiento sistemático existía un problema: algunos principios de la lógica y la aritmética parecían ser irrevocables y
por ello mismo ponían algunas restricciones sobre la libertad de acción de Dios.

Los matemáticos del pasado creían en la existencia de la Mente Divina, donde vivía la perfección. Otros, más contemporáneos,
tienen una actitud especial para con las estructuras matemáticas
(permanentes e inmutables paras ellos). En la Universidad de Gi-
nebra, el matemático Paul Bernins pronunció que los objetos matemáticos están *privados de cualquier lazo con el sujeto reflexivo*,
en otras palabras, están aislados de la influencia personal del matemático. Kurt Gödel, revolucionario de la matemática moderna, fue
también un exponente del platonismo y mantuvo un sorprendente
apego a la idea de realidad objetiva de las entidades que son la preocupación diaria del lógico. Y he aquí a Ramanujan, el joven autodi-
dacta: *Creo que la realidad matemática reside fuera de nosotros y
es nuestra función redescubrirla u observarla... 317 (por ejemplo)
es un número primo no porque nosotros lo creamos así, o porque
nuestras mentes estén conformadas en una dirección más que en
otra, sino porque es así, debido a que la realidad matemática está
construida de esta forma.* Sir Roger Penrose, genio inglés multifa-
cético, apoya esta postura y asegura la existencia de configuraciones geométricas que el hombre, asistido por la máquina, descubre
(fractales complejos, por ejemplo) y que *no son una invención de la
mente humana: estas estructuras ya están allí, se descubren al igual
que se descubrió el Everest.*

Empecé a tener confusiones y fiebre, insomnios. ¿Qué tan real puede ser el mundo de los símbolos? Al dormir tenía pesadillas en las que
a veces aparecía Marino y yo corría tras él para que me diese una

llave de entrada, o un código, a esos mundos de infinita pureza. En otros sueños, era trasladado al mundo de las *Entidades Abstractas* y no podía volver.

Lo vi otro par de veces realizando sus cálculos mentales, con el rostro tenso y la frente sudorosa, concentrado como poseído. Hacía esfuerzos enormes en ese su *juego de resistencia* al computar todos los decimales de alguna cifra irracional que le permitía la mente. Terminaba agotado, como un autómata flácido. Palidecía y la voz se le apagaba a causa del sofoco. Al mirarlo, sentía yo algo que no podría nombrar con precisión, pero que asociaba de una manera vaga con el miedo.

Instrucciones para sabios (nota de Marino):

Instrucciones para Arquímedes:
Cuenta granos de arena y polvo. Calcula y cuenta hasta morir. Luego, desde el fondo del pozo pronuncia la cifra. Divide en mil la forma de la muerte y en mil cada pedazo para descubrirme sus secretos. Enciende con tu espejo la aurora de los días. Sangra tus nudillos en las aristas del cuerpo geométrico. Inventa un teorema sin fin que conduzca a la locura.

Instrucciones para Galileo:
Mientras cae Simplicio de la Torre, observa que el puñal de Salviati se esconde bajo la prenda y pretende el daño y la punzada. Sin la inclinación de la Torre se desvanece la sombra al mediodía. ¿Ves el péndulo oscilando?: en esa sincronía se anuncia el vaivén de tu condena (los hombres también se mueven). Acepta sin temor el fuego de la hoguera.

Instrucciones para A. Einstein:

Cuídate del hoyo negro que te acecha pues ni la luz escapa de su abismo. Sigue atendiendo la ecuación que se retuerce desde el trazo y te grita la verdad que nunca escuchas. Dale cuerda al reloj. Custodia la brújula y repite el experimento mental de los fotones. Demuéstrame que la gravedad existe. Lánzate al centro rapaz del hoyo negro porque Dios nunca dejará el juego de los dados.

Una de las noches en que hojeaba furtivamente la bitácora de Marino, noté que había nuevos agregados. Uno de ellos alertó mi atención. La nota decía: Las *Entidades* merecen algo más que el ofrecimiento de una mente. Luego: He lanzado los dados y cayó el seis seguido del tres: sobrevino el sueño profundo de la razón.

Este hombre tiene la mente destemplada, pensé, está tramando algo con toda seguridad. No era que brotasen ideas de mala fe de mi mente celosa de su genio: lo que alteró mis nervios fue que en su escritorio estaba el *Reforma* de dos días antes, de cuyas planas llamó una mi atención. En el apartado de nota roja, se hablaba de nueve muertes. Nótese: Marino lanzó los dados. Seis y tres, en la aritmética de módulo uno, suman nueve. No sé, supongo que debí poner sobre aviso a la Procuraduría, aunque es bien sabido que la policía mexicana sólo actúa hasta que hay cadáveres. Temía encontrarme de frente a ese genio insano y que éste me descubriese metiéndome en lo suyo. Me ausenté dos semanas de la Facultad.

Caminé perdido y confundido por la ciudad. Abordé sin destino vagones del metro. En cada rostro que se desplazaba veía a Marino. Comí poco esos días, los alimentos que ingerí me provocaron náuseas. ¿Qué era lo que pensaba? Encendía el televisor para apagarlo tan luego abría su ojo electrónico. Me sumergí en la red de información: la autopista virtual se presentó ante mí desde pantalla luminosa, mientras mis manos tecleaban enloquecidas. Navegué por siete mares de *bytes* de información, más información por todas partes, información no solicitada que hallé cual si me asediase. Como eso que leí y releo en este mismo instante:

El origen de los números

Los números son coagulaciones de las ondas de simetría, son la memoria de la simetría y la memoria misma es un espejo o duplicador. Los números son una expresión del mundo natural, el cual, para construir su obra, se basa en regularidades. Dicha simetría es también cerebral, es física (ondas electromagnéticas o partículas subatómicas). Es cosmológica (rotación de la tierra, luz y sombra), fisiológica, idiomática y gráfica (forma de las letras, entonación al hablar, respiración), Es temporal ya que el tiempo es duplicable. (Si se refleja un reloj en un espejo de tres lóbulos y dos valles, éste duplica su imagen. Así, mientras en el reloj físico la aguja horaria da una vuelta completa, en el reloj reflejado dará dos vueltas)... También la luz..., si sacas una foto de la foto, frente al espejo, al reflejarse al flash, rebota la luz y sale del espejo, de manera que en la foto ves el flash y un rayo circular perfecto y dinámico que entra y sale, el cual comienza y termina en el espejo pero que se desarrolla afuera... (sacarla con la luz del día). Como el rayo es blanco, dentro de la foto queda también un arco iris pequeño... Las partículas subatómicas mismas, llámense partículas o fuerzas o relaciones o funciones dentro de cuerdas, tienen su perfecta duplicación en las antipartículas (reflejo especular). Memoria, espejo, simetría y número son sinónimos funcionales naturales... La quiralidad derecha e izquierda denota que hay ejes (*01, 10*), son los boletos capicúa del autobús cuando todavía eran de papel numerado: *18481*. El cuatro es el eje, pero si no tuviera el eje cuatro (*1881*) igual hay un eje. Hablamos de supersimetrías ya que la simetría simple es cualquier número (*5*) porque significa la repetición igual de una unidad o trozo. Para ser materia, hay que reflejarse hacia ambos lados de un eje, esto da lugar a la simetría... Así que el número representa el eje de simetría de la naturaleza, y, por lo tanto, al estado intermedio y puede ser definido como el rostro humano de las simetrías visibles o invisibles porque barren todo el espectro probable de lo que hay... Su magia consiste en que barren, incluso, lo no conocido. (No conocemos una estrella pero nos permiten saber a qué distancia fulgura).

Sumar es la acción de descripción de simetrías desplegándose:

*1 = ***

*2 = **** despliegue o repetición del movimiento anterior (simetría)

*3 = ***** lo mismo.

Somos capaces de sumar porque tenemos memoria la cual es un espejo copiador. Agregando y agregando y nombrando al movimiento, simétrico e igual... Desplegando y repitiendo un movimiento, una y otra vez. ¿Definición de simetría? Símil, reflejo, movimiento similar. ¿De dónde partir? ¿El huevo o la gallina? El espejo, (o mejor, la acción de reflejar y duplicar) es anterior al número.

Firmaba un tal Hugo Luchetti, que al final se preguntaba: *¿Dónde estoy instalado cuando comprendo?*

Entre los noticiarios nocturnos de televisión se retransmitió la noticia de esas muertes extrañas a las que aludió el diario en el cubículo de Marino: en la habitación de un departamento de la colonia Tránsito se encontraron nueve cuerpos inertes en formación sobre un pasillo. Los conductores de los informativos hicieron hincapié en la *inhumanidad* del criminal. Por su parte, los diarios especularon sobre el móvil del asesinato, atribuyendo su autoría al crimen organizado. En acalorada discusión, el procurador de justicia denostó la opinión de un forense que sugería suicidio. La necropsia, efectivamente, reveló que todos tenían en el estómago residuos de fuertes somníferos como el *Loramet* y el *Rohipnol*. Cualquiera habría pensado en un suicidio colectivo. Pero existía otro detalle: los nueve estaban atados con cuerdas de nylon resistente: por tanto, no pudieron suicidarse. Sin embargo, volvió a refutar el procurador, el crimen organizado actúa distinto, ellos aplican el tiro de gracia en la nuca, es su *norma* y estos hechos no lo corroboran.

De mi propia bitácora llevada en esos días agobiantes (trasunto, copia vil de la de Marino), en busca de elementos que aportasen claridad a lo que narro, extraje esto:

Dos semanas fuera de la Facultad, ajeno a mis investigaciones. Nada que hacer. Andando por las calles y volviendo a casa, solo, con mis libros y paradojas en esta pesadilla. Hoy hace ciento veinte días que, aduciendo a mi dedicación excesiva a la matemática, Amanda se marchó al departamento de otro hombre. No extraño a ese fantasma, he aprendido a estar aparte sin su calor (falso, es la negación de la proposición anterior lo que ostenta valor de verdadero). ¡Ciento veinte días! Aún paso por las etapas del duelo... Me conecto a la Red y buscando un artículo de ecuaciones diferenciales me voy tropezando con ofertas de suscripciones a foros, con anuncios de putas ofreciendo sus cuerpos, con publicidad de muchos tipos, o páginas de bestialismo, zoofilia, necrofilia, lesbianismo, sadismo, con otras más de pornografía en dibujos animados... Debo ir evadiendo todo este caos de información para dirigirme a lo que busco sin encontrarlo. Tecleo por inercia frases sin sentido sobre todo lo posible e imposible, fechas, nombres, lugares. Investigo sobre novedades tecnológicas, científicas, matemáticas, y me sumerjo de nuevo en otra corriente submarina de datos.

De esa forma me encontré con una cifra notable entre las cifras. La llamé el *número*.

Cuando volví a la Facultad las cosas rebozaban de una normalidad saludable. No pesadilla, sino vida. No delirios. Sus jardines me parecieron más verdes y la gente llena de entusiasmo. El primer ser conocido al que vi era Amanda, o eso imaginé tras el primer vistazo, sin embargo se trataba de Carolina. Mi estremecimiento aumentó cuando, esa vez, sí me miró con sus ojos claros antes de saludarme jovialmente. Hacía un clima templado bastante agradable y me estaba sintiendo bien, hasta que a lo lejos, atravesando la explanada que une la biblioteca con el café, vi a Marino.

Tuve que esperar hasta la noche para poderme introducir adonde el escritorio de Marino. Las baterías de mi linterna estaban casi descargadas: tenía poco tiempo para revisar aquello que se pudiera. Marino había cambiado las cosas de lugar, el anaquel de los libros, la cafetera, la computadora, los cromos. El escritorio era nuevo y los cajones tenían chapas. No veía por ningún lado la bitácora y mi lámpara empezaba a parpadear. Seguro que las notas estaban bajo llave en el escritorio. Salí antes de quedarme a oscuras.

El *número*, en cursivas para distinguirlo de los otros, es en definitiva extraño. Sólo puede obtenerse manipulando cierto algoritmo avanzado con ayuda de un ordenador: un algoritmo complejo de Wolfram. Es una *Entidad Abstracta* que, ciertamente, no fue inventada por el hombre, sino descubierta. Lo observo y apenas me es posible aceptar que exista un número así. He jugado con él hasta reparar que se puede obtener manipulando aritméticamente la raíz positiva de una ecuación cuadrática, una fórmula algebraica sencilla y a la vez desconcertante: ésta que escribo con el bolígrafo: $x^2 - 3^3x + 3^3 = 0$. Dudo que jamás alguien haya dado importancia a esta ecuación tan insignificante.

Regresé al cubículo de Marino con buenas baterías en mi linterna. En cuanto a lo de las chapas del escritorio, no fue difícil conseguirme unas ganzúas de factura coreana.

Ahí estaban las notas. Como lo esperé, había nuevas cosas:

Axioma
Un axioma es algo que se acepta de entrada como verdadero, para dar paso a algo más complejo. No he encontrado otro axioma que el hombre haya aceptado sin cuestionamiento desde el principio de los tiempos como éste: Todos los hombres son mortales.

Más adelante me encontré esto:

Dialéctica del dado
No hay nada más sencillo, y sin embargo bello, que emule el azar como un par de dados. Con ellos se tiene la certeza de que se lleva el azar en el bolsillo. El juego de los dados es más excitante si se lanzan uno por uno. Doble azar, doble sorpresa.

Cada dado debe ser de tamaño mediano, no pequeño porque se pierde, ni demasiado grande porque se exhibe vulgar, siendo preferibles los dados de marfil de elefante o de morsa, así tienen un peso agradable ya sea en las manos antes de lanzarlos o en el cubil, pues cuando se agita éste dan un sonido especial y poderoso. Los puntos deben estar quemados con un hierro incandescente, con esto jamás se borrarán al tocarlos el sudor de la mano. Las doce caras de ambos son como las doce columnas de los templos sagrados que vieron los profetas en sueños. En el mundo de las ideas los templos resplandecientes han de ser así. Las *Entidades Abstractas,* que deambulan en ellos con su belleza fría, se me siguen apareciendo en el sueño. Son tan reales. Siempre las palpo. Me convenzo de que debo tomármelas más en serio.

Marino. Marino. ¿Desde cuándo noté que tú y yo nos parecíamos?

Nota de Marino: En breve, volveré a lanzar los dados.

En 1966, los estudiantes europeos de matemáticas tuvieron en sus manos la primera edición del *Curso de Matemáticas Generales* de C. Pisot y Zamansky, a partir del cual, para el fortalecimiento de sus habilidades matemáticas, G. Lefort elaboró un difícil problemario destinado a los mismos estudiantes. No es mucho lo que puede saberse acerca de los autores del *Curso,* sobre todo del primero, Pisot, de quien varios curiosos han hecho preguntas (intrigados al ver una referencia a él en el Espacio Virtual destinado a *Mathematica©*). Podemos imaginarlo caminando por los pasillos de una universidad de su natal Francia, con su café amargo en la mano empolvada de gis, un libro de aritmética superior o de álgebra y el diario *Le monde* bajo el brazo. Se trata de alguien semejante a un fantasma que deambula en la mente de un pequeño colectivo amante del número, dormita en páginas de alta investigación aritmética, flota en el ciberespacio que lo roza apenas con su geometría virtual o, tal vez, se halla en el mundo de las ideas. Nacido en 1910, el mismo año en que el matemático de Holanda Luitzen E. J. Brouwer enunciara su famoso problema de insolubilidad, el del tercero excluido, Pisot compartió la misma obsesión de Ramanujan, Hardy, Dedekind y Cantor respecto a los números, en especial los algebraicos, en los que investigó ampliamente. Debió plantearse sin duda las tesis intuicionistas de la Matemática del propio Brouwer. He preguntado sobre él con la misma curiosidad y es poco lo que se sabe. Me agrada pensarlo inmerso en un mundo lleno de actividad, de discusiones interminables con colegas hasta avanzadas horas de la noche, con la pizarra llena de símbolos y abstracción. En ocasiones, lo pienso solo, meditando en sus teoremas, escribiéndolos con cuidadoso detalle. Parezco mirarlo sentado en el escritorio, pidiendo silencio mientras anota con celeridad sus ideas en el papel para no perderlas, levantándose luego por otro café y regresando a su mesa a hojear el *Le monde*, leyendo las noticias de aquellos tiempos, exclamando quizá un *merde* al mirar los reportes financieros o los referentes a las represiones de los movimientos estudiantiles en el mundo. Me pregunto si Pisot sería zurdo o diestro, si se le apreciaba en su universidad, si tuvo simpatía por el comunismo o el capitalismo, o si, en su momento, protestó contra la bomba en la Segunda Guerra. ¿Qué pensaba de los aliados?

Intento seguir reconstruyendo en mi pensamiento su vida. Indago también en la Red de información, no es mucho lo que encuentro. De su obra, entre lo más selecto: *La répartition modulo 1 et les nombres algébriques (Annali della Scuola Norm. Sup. Pisa, Ser. 2, 7 (1938), 205-248).* De su vida: *Charles Pisot, Francia, (1910—1984).*

Con pretextos de índole diversa, como explicarle cuáles eran los axiomas de Zermelo Fraenkel o pedirme ayuda para sostenerle los libros mientras comprobaba si llevaba en el bolso la llave del coche, Carolina comenzó a frecuentarme. Ergo, me expliqué lo de su sonrisa a mi vuelta a la Facultad. Posiblemente, pensé, busca procurarse un sustituto de Marino, así como yo, sin aceptarlo a plenitud, buscaba una sustituta de Amanda. Por ello mismo, cuando posó por vez primera su mano como por descuido en la mía, se la aparté con disimulo. Qué instigadora era la tentación, pero la evité una y todas las veces con pretextos inverosímiles. No deseaba que Marino llegara a vernos y malinterpretase las circunstancias. Días después, empero, tomé de la mano a Carolina para ayudarla a saltar un charco en la explanada de la Facultad. Permití que no me la soltara. El tacto de su piel me hacía daño, porque no era Carolina quien me estaba tocando, sino la Amanda que me había abandonado ciento treinta y un días atrás. Esa Amanda que me conoció tal cual era, y yo a ella. La mujer a quien amé y odié, habiéndola amado mucho más. Tú no eres Amanda, dije en voz alta, y Carolina rio al escucharme. Lo hizo como ríen las mujeres mientras empiezan a destilar el veneno de la seducción. Tuve miedo y decidí a apartarla antes de ser visto. Sin embargo, Marino nos descubrió.

La última noche que entré donde las cosas de Marino leí en sus notas:

> *Seis y tres módulo uno*
> He cedido a la insistencia de mi mente por dejar las cosas claras, de otra forma esta obra no estaría completa y si alguien en la posteridad la leyese no entendería nada de mi paso genial por el laberinto de la vida. Luego de que hace varios días lancé los dados y vi con placer cómo aparecía cada número, supe lo que haría. Seis y tres son nueve...

No seguí leyendo. La verdad llegó a mí como centella. Tenían que ser los nueve desdichados del noticiero. Con el *sueño profundo de la razón* se había referido a la muerte causada por los somníferos. ¿Qué hacía yo ahí en la jaula de ese loco, de ese asesino? Me vino un desvanecimiento que hizo caer la notas de mis manos. La bitácora quedó abierta muy cerca de la última página con escritos, en entre cuyos entreveros estaba una fotografía de Carolina. Hojas después, leí:

Axioma: *Él* es mortal.

No creo que su *Él* se refiriese al conjunto de lo humano, o a Sócrates, o a la divinidad. Salí de la ciudad de México. Mi miedo anterior era apenas nada comparado con el que ahora sentía. Estaba huyendo para salvarme. Creo que de haberme llevado las notas, éstas habrían sido una buena evidencia para que se le detuviese no sólo como sospechoso de las nueve muertes (¿o de planear otras más?), pero las dejé en su sitio intactas, previendo cualquier incidente. Mis manos se hallaban vacías y la vida suspendida de un hilo. No tenía adónde ir. ¿Y cómo evitar que otros ciudadanos peligrasen? Abordé un autobús hacia Puebla, lugar que me resultaba familiar por haber hecho una estancia de investigación ahí.

Luego de un sueño ligero en el autobús, recién pasado San Martín Texmelucan y con los volcanes helados del Popocatépetl e Iztaccíhuatl como paisaje de fondo, no sólo de los sembradíos, sino de mi pesadilla. revisé las hojas impresas con mi hallazgo numérico. No podía ser de otra forma, el *número* era irracional.

Puebla era la ciudad de origen de Marino, y la única que conocía yo además de Ciudad de México. Ahí me hospedé algunos días, en el pequeño departamento de un estudiante de posgrado ausente por su asistencia a un Congreso. Aún no entiendo cómo tuve la ocurrencia de indagar el pasado de Marino Montero. Busqué en el directorio telefónico apellidos de gente que pudiese estar emparentada con él. No había nadie. En vano hojeé páginas en los diarios de las hemerotecas. Sin que resultase de utilidad, pregunté por él en las universidades locales donde pudo pasar, antes de partir a doctorarse al MIT. Hasta que tuve una idea. Desde la infancia debió ser alguien excepcional, pensé, con mucha seguridad no le enviaron a una escuela pública. Uno por uno recorrí los colegios particulares hasta que, casi al punto de dejarme vencer, encontré un colegio alemán de prestigio. Ante mi solicitud extrajeron su expediente de los viejos archivos: Veamos, según lo que busca, hay algunos que pueden corresponder. En ningún caso coincidían los nombres. Tras una segunda revisión, la directora (anciana de unos setenta años) admitió no recordarlo, pero si de algo estaba segura era de que por sus aulas pasaron al menos tres alumnos diestros en el arte de los cálculos mentales. El ingeniero Martínez, profesor de uno de ellos, según apareció en la memoria cansada de la directora, era una persona excelente y murió de modo prematuro e inexplicable. No merecía una muerte así, me dijo la mujer, al parecer lo empujaron de las escaleras mientras bajaba, nunca supimos exactamente cómo ocurrió porque en apariencia fue algo accidental, pero nunca me tragué el cuento. No sé por qué, agregó la septuagenaria, pero siempre he tenido la impresión de que uno de esos jóvenes genios tuvo algo que ver, y no me pareció casual que la familia del más brillante de ellos se mudase de pronto, llevándose al joven al Distrito Federal. Mire, por experiencia le digo que esos niños superdotados suelen ser gente trastocada, además de altaneros y celosos, y retan siempre a sus profesores. Me puede haber lidiado con ellos. En el rostro de la anciana había una expresión de hastío contenido por los años. Antes de salir quise conocer la asignatura impartida por el profesor Martínez al presunto culpable. Matemáticas, respondió ella.

Pasadas unas semanas, regresé a México en un arranque de valor. Investigué el departamento donde aparecieron las nueve víctimas. Se me dijo que tiempo atrás lo había rentado alguien que aseguró vivir en Los Ángeles y sólo venía esporádicamente por cuestiones de negocios (¿Los Ángeles California?, estoy seguro de que siendo Marino de Puebla, bien pudo extrapolar nombres, jugar con palabras, con la alusión celestial al origen de su *Puebla de los Ángeles*). El portero mencionó que el *foráneo* a veces recibía gente. ¡Ya!, me dije, no debo buscar más: es *él*. ¿De cuántas otras muertes era o iría a ser responsable él?

Como dato curioso, y por si esto aporta algo a mi pesquisa en la ciudad de Puebla, me fue posible dar con los viejos diarios que se referían a la muerte del profesor Martínez. Ahí encontré algo de lo que tal vez la directora del colegio de Marino no se enteró: un investigador policíaco interesado en el caso de Martínez se suicidó de modo abrupto, sin que su familia conociese antecedentes de tendencias suicidas. Fue de llamar la atención que también muriese el coronel Ibáñez de la Procuraduría, quien recientemente había tenido a su cargo la investigación de los nueve muertos del departamento en la ciudad de México. Su deceso se debió a una fuga de gas butano: la sustancia volátil estalló cuando el policía encendió la luz al entrar a casa con su familia. Murieron todos.

Cuanto antes actuase, resultaría mejor.

De habérmelo propuesto, bien habría podido ingeniármelas para convencer a la policía de que se investigasen mis sospechas de Marino: habrían escuchado a la directora de colegio alemán con sus recuerdos e incertidumbres. El intendente del edificio en la colonia Tránsito habría reconocido sin problema un retrato real de Marino, en contraparte al hablado que debió contribuir a elaborar. Pero si en algo me parecía a Marino, aunque él me considerase un sujeto pusilánime y gris, era en que a mí también me gusta ver la culminación de las cosas.

Sí, para Marino era difícil la asimilación del cero. Padecía la fobia por esa cifra y quizá el horror mismo de la existencia. El cero le hacía sentirse ante la presencia de la nada y el vacío. ¿A quién le gusta el vacío? Cuando se le mencionaba el problema de Brouwer de los muchos ceros posibles o imposibles en una cifra irracional, Marino afirmaba no tener preocupación. ¡Bah!, exclamaba, necesitaríamos todas sus cifras para investigarlo y son infinitas, ¿lo olvidan? Marino se confiaba con este razonamiento acerca del infinito, le tomaba a la ligera. Pero el hecho de que no podamos predecir si hay o no una cantidad monstruosa de ceros seguidos en un número, en el que aparentemente no tienen razón de ser, no significa que no podamos encontrárnoslos de manera fortuita en alguna cifra. Los ceros nos pueden incluso engañar respecto a esa cifra, haciéndonosla creer racional, sobre todo si no tenemos el cuidado de contemplarla con atención. Preparé una sorpresa que no le iba a gustar a ese amante lunático de los números. Le hice llegar un mensaje electrónico a nombre del profesor Martínez (*un fantasma de tu pasado, ¿recuerdas, Marino?*), en éste se indicaban las instrucciones para obtener un número *interesante*, vía *Mathematica©*, a *5600* décimas. Se trataba del extraño irracional que me encontré en las arenas de la playa virtual, algo de lo que, tuve la certeza, sería un asalto a sus concepciones de lo perfecto. Porque Marino amaba a su manera la perfección y para cosas como esa era demasiado sensible.

Ante su pantalla se presentaría en *bytes*, iluminado por el flujo de millones de electrones, un número crucial, sorprendente, monstruoso: uno de los números de Pisot. El *número*.

Al día siguiente, Marino fue hallado muerto en su cubículo, tirado de bruces al lado de su escritorio. En el informe pericial, se declaró que había sufrido un ataque repentino de asma y no tuvo a la mano el nebulizador. Su cubículo fue desalojado días después. Al retirar Carolina y yo sus pertenencias para que el sitio fuese ocupado por otro profesor invitado, reinicié su ordenador, cuyo monitor permaneció congelado hasta entonces. Abrazada a mí, Carolina miró conmigo la pantalla encendida, donde lucían varias ventanas de programas abiertos, entre ellos la bandeja electrónica. No tengo motivos para pensar que Marino ignoró el mensaje de *Martínez*. Con el gesto de su última estupefacción, y el cuerpo seguramente rígido por la fobia, sus ojos debieron quedarse fijos ante la cifra contundente:

$$\left(\left(\frac{2}{\left(3\left(9+\sqrt{69}\right)\right)}\right)^{1/3} + \frac{\left(\frac{1}{2}\left(9+\sqrt{69}\right)\right)^{1/3}}{3^{2/3}}\right)^{30000} =$$

5.043165960656654932150594692427574810776102746808935031678444677128757182264862106103980765819340682753857825408213309478700354777871766946859877182545765655157863751804030841080877201973602630453775992992526007874643437115478340662656654242263167137970470876460028676595720882553729941413991192954257293905515987341623164931728987789298548218169139563816353624128215994510253193649036511102215152338143645279048930913371354240272588991921619868232355282955810598732001078755504975632193024344987469732081489429513875050815089544676150938253329884107629370887783660465530686857728553866459504826468144393019990165743377364065922255679117090517971285490773119127788881441087364

65970386217401864110691757499520236594196403021789859

56126590152078242574779075678185904725211878343979 50

10489532686142903402653847407905146487735500216 87547

58452522250419043608706810782792271044572273623 68796

69324173378416116695919841030467768296491940904 38705

23002732003770237480443431032331691094261441144 38029

83487519201990595627905118880497502650026828835 21913

89685849628968612357880766725385147857934444955 39144

15375194372851217961223158428624231899492121175 27981

44863608580480565751208648179069823594655467910 33345

57030614430688918237659355818871823118397751118 72409

21162728629126713811608658037408930071516876158 72534

11276229688666052103626113997282152567942245999 12431

85253122720544532313520622663794272436418750735 99561

81911218068991795777326796261608752343775804668 42238

13614460906815885942316844499056313085691439816 11046

41435976464505827310532042357277805504151076128 74413

31660970400343561555943556993103725670073628460 11243

92438005172117946648151586517714791609426531867 37535

76167289982789156765819918501461470394696987900 05505

78218043674277377855307965292573100704405035528 65770

65658891134133678171929347960975134996519924167 21568

85820419323697826495675216785846761301665051497 50837

35547048453768089171065791820462966374091485132 89873

71292879351434591758137218308213817683744449366 96984

75749155502722721819149673730689452542949330172 49747

63488028789233809728809898199416269816627876644 53931

67015463543161066099447878202204982468188542002 90468

46763098262298893067982085873006027223547673545 00448

05739148100924911019338705887449906544811444564 37881

42392205726681802780327973470136681753346929095 90627

10889715842108254898313134138767612788549048657 82491

2624883639420318879265232485613570477399709046710448
0778132423835257758424180335745170573652705419795069
1951908858510985383906254985074673094196111657808386
9871331034408636054845107081922257029648252724270305
6995074918767257414142822271890334717277643954342541
8595099074729062595276296218468117193679017860241798
9512006492961330651781076337449499729308205550243207
6618464586027616119815676773736360189991491957175057
3461334948379308274782665382610938887164610763770766
9952322121063841012111950272802819214732121339193913
8517117401805454360045347532235299958021923292027677
8840652994222860862521050680568077934768444547283202
2947989505073864225065042453778536680082426933681881
6623176949556726361708670651772685686418825606961363
9937893809236306153420664991067712166783072652806506
5115430787822086187067816894109743170406015960678013
9617770602048383255107304641825616786778667766641145
8882950772884597096434654685726008506737520558832183
4061968066477136954754650582659722182787527038013350
8853607738471589700951963694066449868459559318968227
6245705729444128966684671962503579043593100943036133
5058057283719525424750533492243401220689154316788170
8739008884991490588279135076804550682803394454230822
1148888187376496354399413641511521268300533409275323
0471448815684295521726253123958196789418655868201079
5291845929630207675781253000000000000000000000000000
0000000000000000000000000000000000000000000000000000
0000000000000000000000000000000000000000000000000000
0000000000000000000000000000000000000000000000000000
0000000000000000000000000000000000000000000000000000
0000000000000000000000000000000000000000000000000000
0000000000000000000000000000000000000000000000000000

0000000000000000000000000000000000000000000000000000000
0000000000000000000000000000000000000000000000000000000
0000000000000000000000000000000000000000000000000000000
0000000000000000000000000000000000000000000000000000000
0000000000000000000000000000000000000000000000000000000
0000000000000000000000000000000000000000000000000000000
0000000000000000000000000000000000000000000000000000000
0000000000000000000000000000000000000000000000000000000
0000000000000000000000000000000000000000000000000000000
0000000000000000000000000000000000000000000000000000000
0000000000000000000000000000000000000000000000000000000
0000000000000000000000000000000000000000000000000000000
0000000000000000000000000000000000000000000000000000000
0000000000000000000000000000000000000000000000000000000
0000000000000000000000000000000000000000000000000000000
0000000000000000000000000000000000000000000000000000000
0000000000000000000000000000000000000000000000000000000
0000000000000000000000000000000000000000000000000000000
0000000000000000000000000000000000000000000000000000000
0000000000000000000000000000000000000000000000000000000
0000000000000000000000000000000000000000000000000000000
0000000000000000000000000000000000000000000000000000000
0000000000000000000000000000000000000000000000000000000
0000000000000000000000000000000000000000000000000000000
0000000000000000000000000000000000000000000000000000000
0000000000000000000000000000000000000000000000000000000
0000000000000000000000000000000000000000000000000000000
0000000000000000000000000000000000000000000000000000000
0000000000000000000000000000000000001308948114465174
79512360354894549290725102417205882279175127063115775
959573028069494819317749753909502880...田

SEGUNDA ANALEPIS
El vértigo

El ruido que permanece desde el comienzo del mundo seguía oyéndose. Cogió un puñado de arena que se fue escurriendo por entre sus dedos. Calculus: con aquella huida de átomos empezaban y terminaban todas las cogitaciones sobre los números.

MARGUERITE YOURCENAR

Policarpo caminaba aprisa, llevado por la inercia del cuerpo hacia la casa virreinal cada vez más cercana. Al mirar la techumbre de nubes que cubrían con maldad el mundo sideral, notó que la tormenta había disminuido. Sudaba copiosamente. Las escasas cuadras que le separaban del lugar donde dormía la máquina ruin se miraban distorsionadas, parecían alargarse entre las hileras de lámparas públicas cuya luz lastimó sus ojos. Aquellos resplandores se le antojaban intensos, nunca creyó haber visto uno que le causara vértigo. El cielo de arriba amenazaba con desplomarse.

Minutos atrás, De Salazar se había percatado de que en la humedad tibia de su costado izquierdo escurría, a través de su ropa, un hilo escarlata intenso: era sangre escurridiza. En la lucha contra el degollador no había logrado desviar del todo el arma, mas apenas sentía la punzada, producto de la brutalidad del encuentro. Resbaló con una de las piedras mojadas del piso y cayó. El cielo se expandía y contraía como las fauces mismas de la noche, con su infinidad de abismos prestos a devorarle. Reuniendo su odio se incorporó para continuar a la meta, en ese instante levantó de nuevo la vista a la bruma que ocultaba los astros. *No son tantas las estrellas.* La longitud de la calle era como un pozo horizontal y en su fondo se alcanzaba a distinguir el origen de los miedos. Ya en la cercanía del inmueble virreinal, respiró con fuerza y se detuvo a pensar bajo el dintel de un zaguán de madera y hierro. Burlar a los vigilantes de la residencia oficial sería difícil. A veces, una tapia puede ser escalada o saltada. Volvió a la intemperie, caminó lo que restaba del trayecto y se dispuso a dar un rodeo a la residencia. Ya decidido, se dirigió a la casa por el frente, dispuesto a enfrentarse contra cualquiera y entrar, aunque fuera lo último que hiciese. Carraspeó con su garganta hueca, preparado para la afrenta con quien resguardase la entrada. Su hallazgo resultó insólito, jamas se habría esperado un espectáculo como tal frente a él: justo a un lado de la entrada, los vigilantes se hallaban ebrios, tirados en los pocos peldaños de la escalinata que remataba en la entrada. Dormitaban mojados por la lluvia. De todas las fuerzas policiales de la Nueva España, la que debía estar más alerta, salvaguardando la integridad del virrey, por lo tanto la del rey y como consecuencia la de un reino, era aquélla, la que aun a costa de su vida tenía el cometido de empuñar la espada, estar en alerta siempre y pelear, esa misma que ante De Salazar se hallaba ahora en un estado lamentable. Por siglos, los veladores se han dormido confiando en que su instinto les despertará antes de llegar el alba para dar por cumplido su deber nocturno, Por siglos, los veladores han bebido licor y caído. Policarpo observó las llaves en el cinto de uno de los guardias. Con gran cuidado las desprendió y fue así como De Salazar y Hurtado entró, pasada la medianoche, a la residencia del hombre que representaba al rey de España y por lo tanto a Dios. Con sus manos asesinas separó las hojas de la puerta principal y se encaminó al interior de la casa dormida.

Dentro se hallaba a oscuras, las sombras de objetos desconocidos se ocultaban en la sombra mayor de la noche, a la cual sus ojos no tardaron en habituarse, acostumbrados como estaban a pernoctar y acechar víctimas en la oscuridad de mucho antes del alba. Dirigió sus pasos a la habitación mayor donde suponía la presencia de la *Rueda*. Su respiración se volvió dificultosa y el costado le punzaba. No fue difícil encontrar la sala, era la estancia más accesible y él había estado ahí. Un flujo de desaliento recorrió su cuerpo cuando notó la ausencia de la *Rueda*: nada había ahí, la sala se hallaba solitaria y el silencio emitió latidos de quietud. Su mirada se mantenía inmóvil en una pared cuando el acto de respirar comenzó a punzarle. Se llevó la mano al área lacerante y levantó la prenda que la resguardaba, supo entonces de la gravedad de la herida. El degollador había logrado una estocada profunda que él no advirtió como tal en la rabia del encuentro y en su prisa por llegar adonde ahora se encontraba. La sangre fluía sin detenerse. Si la máquina no estaba ahí debía encontrarse en otro sitio de la casa. Su aborrecimiento por los seres que dormían en ese sitio le hizo tensar los dedos para el ejercicio de la muerte: el virrey y su mujer eran para éstos únicamente gargantas: esos cerdos regordetes que se habían adueñado con avaricia del artefacto por reducir al polvo... Policarpo exploró otros pasillos de la planta baja y subió después por la escalera de piedra en dirección a las recámaras reales. Tropezaba a su paso con muebles ostentosos, labrados con maderas preciosas de Oriente, cedro y acacia tratada. Había floreros de China, estatuillas talladas en Florencia y Nápoles, piedras del Cairo y, sobre todo, oro, mucho oro. La máquina no estaba tampoco ahí, ni siquiera las nubosidades de su niebla. Un hilo de sangre iba quedando regado tras sus pasos, sentía su propio calor en el vestido mojado. De la pared a su derecha colgaba una lámpara en cuyo interior bailaba la débil llama. El asesino llegó a uno de los dormitorios. Junto a la puerta, en su pequeño nicho miró la imagen de Santa Teresa y recordó el cuello de la santa al que sus manos se aferraron antaño en la fiebre homicida. A pasos quedos se introdujo en el cuarto contiguo donde el aroma de su carne fétida se mezcló con el aliento del virrey que roncaba como animal gutural en lo profundo de su cueva. De Salazar se encontró ante dos bultos cubiertos por cobijas de lana fina. María Antonia dormía dando la espalda al marido de su decepción, la vieja agria y sin ilusiones sumida en un sueño comprado, subido de precio. El marqués, en cambio, yacía boca arriba con los ojos semiabiertos y las barbas sucias por la saliva densa brotada de su boca. Sus ronquidos le hacían parecer otro del que a diario se veía en la corte, nepótico y cínico, porque le mostraban en la condición primitiva e insana de su cuerpo carnal. Olvidando su dolor Policarpo se acercó y le miró largo rato con fijeza. Pasó los dedos por las comisuras de la piyama virreinal, palpó con suavidad las barbas del durmiente y muy cerca del cuello colocó su diestra fuerte y experimentada. Los rostros estaban bastante cerca y su aliento enfermo impregnaba la cara de Branciforte. El dolor se volvió a manifestar con más intensidad, las palpitaciones taladraron su ser. Sobre el suelo, la sangre había formado un charco espeso y la punzada, ahora arremetiendo con franqueza, le hizo doblarse hasta caer. Cada objeto del mundo dio infinitas vueltas. El aliento le faltaba. Bajo la cama real Policarpo creyó ver repentinamente los rostros de los cadáveres que antes de ser tales se habían retorcido entre sus manos. ¡Le miraban! La cuchillada había sido definitiva. Perdió la orientación de los objetos. Con dolorosa lentitud, entre pausas de temblor se incorporó y tambaleando se halló en el pasillo que comunicaba a otra habitación. Volvió a caer y de nuevo a levantarse. Su furia era demasiado grande y grande la cantidad de aire que aspiraba, aquel cuchillo no podía ser la causa de su muerte, no ahora, cuando se disponía a realizar una obra importante para salvarse del absurdo. A pocos pasos encontró el umbral de otra recámara, adonde se introdujo. Ahí dormía la joven Carlota. Su aliento era suave y bastante distinto del de las carracas durmientes en el cuarto anterior. Destilaba paz. Al lado de una repisa pequeña, con flores de azahar en el florero, se hallaba la *Rueda* cortando la penumbra tenue y delicada, resultado del resplandor de lámpara que se filtraba por la entrada. La mirada fría y rígida de De Salazar adquirió expresión frente a la máquina. Su mano cubría la herida palpitante, los dedos pospusieron la huida de la energía que le abandonaba al finalizar su búsqueda. Se tambaleó con más violencia, como un ebrio bajo el efecto en el rostro de la brisa fría de la noche. Tenía el artefacto a unos pasos de sus pies. El aliento de Carlota, sereno y dulce, interrumpió su visión. Al mirarla experimentó algo extraño, era un flujo eléctrico por todo su tronco desde el fondo del ombligo (el lugar de los sentimientos intensos) hasta la altura de la garganta: una sensación distinta a cualquiera experimentada en vida. Policarpo pudo por vez primera admirarse por una mujer, no una como Crescencia, la prostituta de los caminos errantes, sino alguien dulce. Fue sólo el instante de un destello efímero que llega y se pierde en lo profundo. Por primera vez lo conmovía una belleza femenina, justo a su llegada a otro objetivo distinto y sin alma, la máquina de metal. También deseó acariciar el objeto de maravilla que eran las mejillas rosadas de Carlota y el fleco de pelo tan suave al lado de la almohada. Empezó a mirar difusos los objetos y la noche, las cosas combinadas y cambiadas del sitio natural y el mundo invertido en un vértigo de infinito y nada a la vez. *No son tantas las estrellas*. Los rostros de los muertos aparecían de nuevo y se esfumaban entre los muebles del dormitorio, que eran a su vez números de distintos órdenes y el vaivén de relojes lejanos y la niñez y la angustia y la muerte. De pronto palpitaban los objetos desvaneciéndose ante otra claridad, la de un rostro juvenil sumido en sueños, cara de labios tiernos y un cuello esbelto que, por primera vez, miró sin ansias de estrujar. Fue la noche de las primeras veces. Por vez primera no escuchaba ese aliento tierno para contar cada aspiración y espiración. Los escuchaba con el placer insólito de oír la vida, así como días antes había caído en la cuenta de que ya no estrangulaba buscando una cifra, sino por el sólo gozo de hacerlo. En la noche del olvido se puede entender el sentido de las cosas, pero era ya demasiado tarde. Siempre había sido tarde para todo.

El vértigo le hizo girar el rostro y trajo de vuelta ante sus ojos, desde una lejanía insondable, la máquina. En su costado, las punzadas parecían ya un cosquilleo imperceptible. La *Rueda* no se apartaba de sus ojos y se quedaba fija en su mente. Los números se volvieron nociones difusas mientras la carne comenzaba la aceptación de otro estado, el estado del infinito en que se da la disolución del todo. El rostro de Carlota giraba en torno a él y luego la máquina. Momentáneamente los dos iban, venían y le mareaban, luego ambos se fundieron, dos seres indistinguibles el uno del otro: la máquina-mujer. Un eco lejano repetía en sus adentros: *la máquina que calcula números.* Era su contraparte. Policarpo calcula. La máquina calcula. La Máquina Todo. Ya no habría más. De Salazar agonizaba. Una categoría inferior de mundo que flotaba por todas partes a modo de proyección se fundió y confundió con el mundo, éste palpitaba, se expandía y contraía creando sombras confusas. Su mente había pasado del estado de la fijeza al estado de la máquina, el de la Máquina frente a él donde la conciencia se aferraba mientras el vacío empezaba a llenarlo todo. Policarpo cayó de rodillas ante la Máquina en un gesto inconsciente que pareció a la vez solemne y obsceno. Era un gesto de adoración. Luego se fue de bruces y, mientras se perdía en la inconsciencia, miró cómo la Máquina se esfumaba con él y con el mundo. 🜃

AGRADECIMIENTOS Y CRÉDITOS

A Humberto Macedo (q. e. p. d.), quien leyó íntegro el texto de mi último borrador y me hizo precisiones invaluables. A mi amigo Jaime Mesa, por su lectura de la primerísima versión de la novela en 1999. Al equipo de Malaletra Libros, en especial a Eugenio Santangelo, por su erudición y entusiasmo para la mejora del escrito en su antigua versión electrónica. A Javier Vargas de Luna, por su generoso prólogo con motivo de la reedición de mi libro. Al gran Yuri Herrera, quien me escribió con generosidad la cuarta de forros. A Omar Villasana, el gestor para los EE.UU. de una versión bilingüe. A Arthur Dixon, por su esmerada traducción al inglés. A Leah Duncan, quien realizó en la Wayne State University un estudio teórico de esta obra que me es fundamental.

El *número de Pisot* de la parte *proléptica* de la novela, es una entidad abstracta generada con *Mathematica©*, programa de Stephen Wolfram. Este número se atribuye, entre tantos otros, a Charles Pisot y puede consultarse en el portal de la *Wolfram Reference* mediante el siguiente código QR:

Isaí Moreno

Translated by Arthur M. Dixon

There Are Not So Many Stars

definitive edition of *Pisot*

katakana
editores

PROLOGUE

During the last years of the viceroyalty, in that New Spain that our novelists tend to ignore with a singular optimism—perhaps convinced that only in the matter of the present is it possible to reinvent a kinder fate—Isaí Moreno has given life to a strange literary figure. A wanderer through a circular, almost infinite tale, his character is called Policarpo de Salazar and he is a living logarithm, an obsessed calculist, a mathematician able to turn the visible into an operation of the unthinkable and to transform any urbane routine into dividend, divisor, quotient, and remainder, all with a single stroke of his voice.

As the focal point of the scientific gazes that fed the curiosities of our last colonial period—an age about to cross the threshold of revolution—Policarpo personifies the dynamics of a world that coexists in silence with a sensation of latent progress. This sense of imminent modernityis underpinned, in these pages, by the construction of the Palace of Mines by Manuel Tolsá, in the public streetlights that took their places on the streets of Mexico in those years, in the mechanics of the ringing bells of public buildings, in the accurate prediction of an eclipse that welcomes the reader to *There Are Not So Many Stars*, even in the everyday nature of voyages of circumnavigation around the Spanish world, and, above all, in the culture of education and instruction displayed by the book's learned men—many of whom are presented with great economy through Jesuit imagery. Nothing here is at a standstill, as we are informed by the experience of the clock—the reality that turned all times into determined instants and determining moments in the West—which runs through the book almost from its first pages.

To boldly complete this historical portrait of the viceroyalty, the relationship between magic and technology also claims a place of privilege here. What's more, the use of fantastic inventions breathes new life into an old mental schema better suited to worlds anchored in ambivalence because—it must be said—the providential explanation of human fate is dominant here alongside the great discourses of rationalist thought. In consequence, reading *There Are Not So Many Stars* represents, among so many things, a discovery of the broadsides suffered by the religious gaze when it perceived the change in sign of its most material exteriority. As a matter of fact, this obscurantism before the scientific consciousness represents the best possible narrative brew in which Policarpo might continue to intrigue us with the figures of his quests and the accounts of his killings.

Indeed, this mind whose extraordinary arithmetical skills tinge the enlightened air of the eighteenth century also transcends the condition of serial killer, of fugitive from justice, of great enemy of life and social peace. The numerical science that organizes his criminal existence will soon serve as a counterweight to help us understand the dynamics of historical reality that frame a great deal of the novel: the dawn of Independence. In fact, only in the *con-fusion* of such disparate events—a mathematics of homicide—will we come to understand that when a society insists on explaining itself solely as the daughter of its most lucid calculists, it must somehow inspire the creation of characters who, like Policarpo de Salazar, convoke in their destinies the rejected ancestors of a past that, thanks to the literature of Isaí Moreno, today becomes truly ours.

In other words, who could doubt that the sickness of a past age would be humanized not through the clinical analysis of its forgotten homicides, not even through the justice passed down by those who sought to correct its faults, but rather through the cruelty of its murderers *made literature*? As Marc Bloch illustrates in his *Apology for History*, when the sciences that study the past become rigid in their valuation of passions, literature will ever come to their rescue, as a marvellous and innocuous laboratory in which to test the imprudence of other assumptions—of other phobias, of other labors, of other masks?—and to explain with greater humanity the avatars of a past that continues in our present. If *There Are Not So Many Stars* had no other virtue than that of recovering the antiheroes of our history, above all those who lived alongside the roots of our scientific spirit, this virtue would still justify its presence among the readers of the twenty-first century: readers who, not to force the irony, are often new Policarpos, especially when we recognize their condition as blind manipulators of binary codes, as wayward addicts to the immediacy of the numeric, or, why not, as consciences trapped in the empty duplicities now displayed by the verb *to navigate*.

Dividing his book into two novelesque periods, each very different from the other, Isaí Moreno also knows how to masterfully evoke the complexity of mathematical discourse, its incomprehensible lexica, its overwhelming theorems, the most arid conjectures yet known to man... But it is not our ignorance that gives strength to his explanations; it is the fact that the novel does not seek to explain any of what it places within our reach. Through this strategy, the book decides to return to our present in order to narrate the quests of another character whom we somehow sense as an extension of that ancestral murderer. Marino, the possible alter ego of Policarpo, lives among us, he is existing here and now, and he feeds off our modernity while he sets off in pursuit of something we can never quite define; it is neither a secret number nor an unknown formula, but rather, perhaps, an equation worthy of his intelligence, an algorithm that will give him the right to know he is superior, or, on the contrary, to declare himself insufficient and thereby take ownership of his death. In the end, this other historical frame, played in the key of a detective story, will lead us to conclude that numbers are not diabolical due to the obsessions they mediate, but rather due to the fear of proving that life can sometimes become a sequence, a chain, the frivolity of a calculation, or, even worse, pure ordered reason.

Numerical realities must not become tools of the future, nor convert our humanity into a religion of the mind, this novel tells us in a sly whisper while its chronological plasticity calls us, here with full force, to escape from the eruditions that seek to reduce our being in the world—the *Dasein* with which Heidegger sought to define our explanations of reality—to a pure numerical adjective. If mathematics are merely life transformed into signs, they must be lived and explained just like many other things deemed significant in our everyday existence must be lived and explained: the cure for an illness, the chemistry of flavors, the cartography of a continent, or the best use of rainwater in the most propitious season of the year, to cite a few examples.

At any rate... May God save us from a long prologue, said Quevedo upon concluding an introduction many pages long. It is better not to fall into contradictions, and simply to warn readers that they are about to walk through the streets of a tale that belongs to us, as it gives name to a part of our past with voices and instincts that inform much of what we are today. And while it is true that the murderers and the victims of *There Are Not So Many Stars* exhale the bitterness of numerical nonsense, we must be thankful for the fact that, although we may not understand many of its equations, this tale allows the lives we will never let die and the equations we will never solve to take on a certain clarity in the desire to reach the endpoint, the result of the plot, the product of a story that is unique and complex and fascinating and, above all, entertaining. 卐

Javier Vargas de Luna

For Evelyn

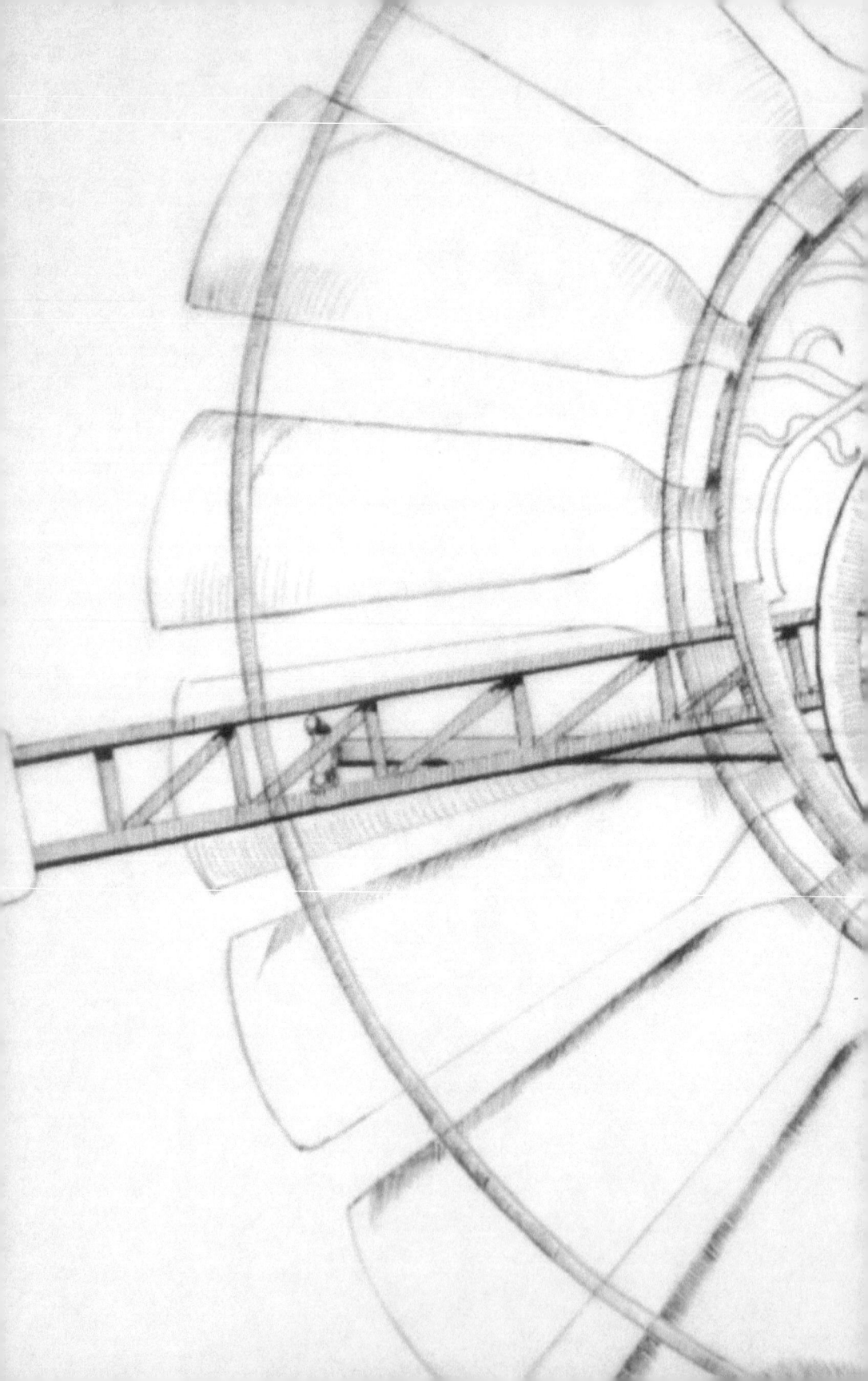

FIRST ANALEPSIS
The Illusion

A devil taught me proportions and numbers and I built, with my eyes closed, a gallows, from which hangs a rope.

MARGUERITE YOURCENAR

On the 13th of May of 1752, in the old city of Mexico, an unusual incident occurred, an incident particularly grotesque. That day, a solar eclipse was expected, foreseen with precision by the astronomers of the day. Eclipses have always been objects of suspicion. For a year, learned men argued and refuted the assertions of other knowledgeable parties regarding these happenings that bring gloom and darken the hearts of men. On this subject, Don José Mariano de Medina, the eminent astronomer of the city of Puebla, wrote:

> I am certain that the havoc often wrought in such years is the child, not of the malign influences of the stars, but of the frights and terrors with which the dire predictions of the Astrologers afflict the apprehensive.

These words made the rounds in a little pamphlet (*Banishment of frights and terrors, vainly apprehended in the future quasi-total eclypse of the year 1752*), which became the object of great controversy and the target of many attacks, particularly from the physicist Narciso Marcop y Hecafoc, who published in turn a pamphlet-letter that he titled:. *Letter to a lady regarding the future eclypse of the 13th day of May of the present year of 1752 and regarding the printed letter written by the Hon. D. Joseph Mariano Medina.* In this text, the author redeemed the rights of fate in favor of ill-starred eclipses and *refuted* the enlightened rationalism of the foolish Medina. And so, among heated arguments and scholarly debates, warnings of calamity from the clerics, and the lamentations of the ignorant, the foretold eclipse came.

More than a few saw fit to commend their souls to Providence. When darkness began to fall, numerous old women came together in groups and lent their voices to litanies in a sad attempt to drive off the Evil One and his ill-fated souls. In the streets, the dogs howled, increasing with their cries the certainty of human misery, covered by the veil of that sinister night that menaced mankind. So believed those who stood alongside Don Juan de Salazar, creole silversmith and honorable old man, in his last moments, as he died a victim of the ravages of asthma. Nothing could be so cruel, they lamented, as witnessing a slow death, too weak-willed to cut life short with a single stroke. The old man's last labored breaths were reminiscent of those of a decrepit dog fading toward death in a corner, whose breath escapes in disjointed, sluggish shudders. The drama was accented further for those who knew that the old man was locked in a battle against death at the very moment of the eclipse, when men were at the mercy of forces that scourge their fates like a storm. The old man's gasps, which sometimes seemed to finally go out and put an end to his pain, restarted suddenly like a desperate whisper, determined to gulp a few more instants of even greater suffering into his throat, contorted by spasms. As the eclipse ended, the old man finally gave in to the dream of eternity. Friends and family cried. Even when the sun was shining once again, few took notice of its tremulous, weak appearance, like that of the mortuary candles that were lit for the dead man's wake. The grueling trip was ending... It was then that the mourners, amazed, heard the voice of an infant child who said: I know how many times he gasped before he died. Silence fell, and all turned to see who had spoken.

Their looks of surprise turned to expressions of horror when Policarpo uttered a number. He had counted the sick man's breaths throughout his unbearable agony, one by one until the end! The women stammered, trying to recite forgotten prayers. A freezing gust flooded the space, shooting through the bones of all those present. What sort of monstrosity was among them? Only demonic entities were capable of such aberrations. The boy was sick, perhaps possessed. That was it. Or perhaps the whole thing should be attributed to the eclipse. All of their minds retained the scene for future nightmares, they could not escape it for the rest of their days. Their innards shuddered as they watched the young boy of decidedly fair complexion turn with strange indifference and walk toward the patio of the house.

Yes, of course what had happened was the sign of a nearby, imminent calamity.

THE YEARS PASSED AND MANY OF DE SALAZAR'S NEIGHBORS who had awaited such a calamity died of old age. The grains of sand fell impassible through the hourglass at the pace of the halting breath of whomever persisted in remembering the event.

One cold afternoon in 1779, a certain old, toothless trollop ran through the streets, screaming. Her voice froze the blood: *The sickness, the sickness!* The people's distress owed not only to the news, but also to the looks of the woman who howled madly. Moments later, a cart ran her over and killed her in an instant. The cry of smallpox spread throughout the city, putting all its people on guard. It was too late. Thousands of citizens started to die. There were not enough carts to transport the bodies: some overturned on their hurried journeys, leaving the corpses uncovered. Those who were not carried to the cemetery were thrown into the canals or burned in the plazas. The infection flooded the deserted streets. As did the tears. In the center of the city, the church bells seconded the knell of the Old Bell of the Cathedral. The death's-head showed her rotten teeth, the cavities of her eyes shone with the yellow light of the candles: the despot laughed. Some succeeded in leaving the city uninfected, but reports told of the survivors being attacked by highwaymen on the roads, their wives raped and, in some cases, cut to pieces before them.

Weeks after the sickness Policarpo de Salazar reappeared walking down the avenues: that silhouette of yesteryear, now incarnated in a man of medium complexion, muscular body, and distrusting expression.

After the matter of the eclipse, aware that none desired to see him, he was sent by his parents to Puebla, the learned city of Palafox, where he was received by the benevolent and well instructed Jesuit José de Zaragoza. The priest educated him, bestowing his attention upon the youth with no care for what opinion the common folk might have of the anomalous Policarpo. The latter grew up there into a young man. Then he stayed there for another lustrum, living in the rooms of the Jesuit until his master departed on a missionary retreat that would end in the city of Valladolid. After rejecting the invitation proffered by José de Zaragoza to join him on this pious journey, Policarpo decided to learn of the world on his own account, beginning a tour of discoveries through the central and western parts of the country. For two more years, he wandered through settlements and villages before returning to the city of Mexico. No one remembered him when they saw him. When he learned of the deaths of the Salazar family (none survived smallpox), he was untroubled. He walked off in silence, and in a few days he established himself in an attic, gloomy but comfortable, whose walls kept out the din of carts and vendors of trinkets on the Street of Good Death.

HERNÁN CUEVAS WALKED HASTILY, ANXIOUSLY TO THE residence of Antonio de León y Gama. Hernán, a placid mestizo with graying hair, had spent fifteen years in the service of one of the greatest mathematicians in the country. Don Antonio was well known for his harsh critiques of the scientific publications of the *Gazette* (years later, in this medium, he would elegantly refute an anonymous man's demonstration of *squaring the circle*). He had elaborated the *Orthographic description* of a solar eclipse in 1778, along with interesting observations on the *Perpetual kalendar* of Fray Alejo García and the *Astronomic and harmonious hand* of Buenaventura de Ossorio, a work in which the latter described methods of finding the golden number and of calculating the epact, the solar *cicle*, the indiction, and the calends. Even the scholars of the Royal and Pontifical University sought his counsel, and he was also contacted by the mathematician José de Peredo, who presented him, not without enthusiasm, with his *Geometric demonstrations of the existence of God and on the Immortality of the Soul*. He was a friend of the Jesuit Francisco Javier Alegre, who wrote a dense treatise on gnomonics and another on elements of geometry. From the latter volume, he learned the construction and use of mathematical instruments in the manner of 's Gravesande, and he was imbued with pride in the science of New Spain, which was becoming independent of European minds.

De León y Gama loved Archimedes, he owned an edition translated from Greek to Latin of his *Arenario*, the sand reckoner, which he preferred to call the *Harenaria*, as well as another of the *Progymnasmata* of Tycho Brahe, Kepler's master, and one of *De umbris idearum* by the Italian heretic Bruno. When he was young, his grandmother had put before him the quote from Saint Augustine that reads:

The good Christian should beware of mathematicians and of all those who make vain prophecies. The danger already exists because the mathematicians have made a covenant with the devil to darken the spirit and confine man in the bonds of Hell.

In spite of this warning, he took the paths of the mathematician and the upright Christian at once: he was well aware of the matters of his time, and although he read Giordano Bruno and occasionally diverted himself with wagers and games of chance, he was considered a paragon of sobriety.

When the servant crossed the threshold into the house of De León y Gama, the latter had been anxiously awaiting him for some time. Have you seen him?, he asked impatiently. I have seen him, Don Antonio, answered Hernán. The learned man contemplated the dejected countenance of Cuevas. He did not seem himself, but the master knew the unpredictable character of the servant. Hernán, pressed De León y Gama, unable to contain his agitation, have you received him? Tell me what the man has told you. The other answered: He knows you, señor, he has heard of you and of your work, he also says he is willing to see it ... in a matter of days. A matter of days? Perhaps he is unwilling to engage in a simple exchange of words?, the mathematician snapped. It must be so, Don Antonio ... it must be so, said the old man before falling silent.

The room grew dark as evening fell, and a weak ray of sunlight faded away over the shelf on which books rested, covered in dust, many unopened since distant times. The scientist's eyes rested on them for a moment. So be it, instructed Antonio de León y Gama, I am in no hurry to see him, now go in peace, Don Hernán, in time I will send the man a letter. As Hernán walked away, the mathematician could see how his steps wavered. He whispered:

... I should like to say something, señor ... the fact of the matter is ... Have out with it then, you shall kill me with your mysteries, Don Hernán, the scientist lashed out, slamming shut the book through whose pages he leafed. I have no faith in him, whimpered Hernán, when I spoke with him it seemed I was addressing a dead man, and I liked it not at all. Mmmh, they say he is a strange individual. Yes, señor, said the old man, but the look of him ..., to see his eyes is enough to make the skin crawl, and besides his voice is muffled, as if he suffered tonsillitis, and he is surrounded by strange things: on one of his walls hung the *Polyptych of Death*, or so I thought, and on the floor I saw a vessel of leeches. You know the *Polyptych of Death*, Hernán? Yes, Don Antonio, the servant confirmed, to his employer's surprise. De León y Gama declared: You must be ill, Hernán, remember that many physicians use leeches to bleed the sick and cure their wounds! If you say so, so be it, but there was something more that gave me fright, squeaked the servant's voice: upon his table sat a clock that turned backwards, the hands moved in reverse!

Antonio de León cast his eyes over his servant. He seemed to contemplate what he ought to say to the old man. On the bookshelf, he rummaged through sheaves of paper. He pulled out books. He blew the dust off documents until carefully removing a marked page.

I am accustomed to the strangeness of people, he said, those who dedicate themselves to science are not foreign to eccentricity. He held out the paper to his interlocutor. They sent this to me four years ago that I might revise it, I am no longer surprised by such things, and take note that it is a strange thing: it was written by a Franciscan of the province of Yucatán whom the Inquisition was on the point of hanging. Cuevas took the page and softly read aloud its title, as lengthy as baroque style dictates: *Lunar syzygies and squarings adjusted to the meridian of Mérida de Yucatán by a man of Antíctona or an inhabitant of the moon, and directed to the scholar Don Ambrosio de Echeverría, singer of funeral Kyries in the parish of Jesus of said city, presently professor of logarithmics in the town of Mama of the peninsula of Yucatán, in the year of our Lord 1775.*

My Lord, Don Hernán!, the wise man exclaimed, a scholarly friar speaking of inhabitants of the moon. God save us!, the good servant crossed himself as he answered. The man had had enough for that day, he left that place to complete his other important duties. De León y Gama remained with his books in silence. He thought of the individual they had discussed. He truly was strange. But it was rumored that he had a rare skill for counting great numbers of objects and for mental calculations. That had kept him up at night. After a grueling day, he deemed it worthwhile to continue reading a little longer. He lit his oil lamp, whose light illuminated the room just as it projected a host of shadows that danced to the rhythm of the flame.

THE DEVICE TURNED, OBEYING THE IMMUTABLE LAWS OF synchrony. Every piece communicated a precise movement to every other piece through the rigorous metal of its structure. The tension of a spring was released soundly through every tooth of the gears until flowing into an element that tirelessly oscillated around itself, from the center of its center, to lay down the rules that govern the matters of men.

The clockmaker's hands adjusted the artefact like a deity at the moment of putting the finishing touches on the creation that would be, by design, the proof of the *mysterium* for all future to come. It was an English clock, an impeccable instrument whose screws and gears were assembled in person by Ramsden himself, a man impassioned by exactitude and expertise. A belonging of a wealthy cacao merchant from Conception Street. The *tick-tock* produced an echo that ricocheted off the walls of the locked room, scarcely illuminated by two dying candles. And so, while the clockmaker watched the restless oscillation of the bronze balance wheel, the labyrinths of his memory twisted in malicious ways and led to the days when he would learn clockmaking and the terrible art of the *universal klock*, the technique with which to adjust the machine's synchrony to that of the heavenly bodies. His master would say: *time and fate are one and the same.*

Mastery of this art required years of training in the variation of times and seasons, the observation of stars, and the falling of the grains of sand in the hourglass. Also necessary was a serene consciousness of death, the guiding engine of the cogs' movement, as well as ample skill in the manipulation of numbers. Numbers were his first vocation. He counted from an early age. Numbers and more numbers were pronounced by his mouth. No one ever discovered the origin of this fondness. He counted everything in his sight: the birds in the poplar trees, the cirrus clouds in the sky, the balconies over the plazas, the houses on the streets, the streets themselves. He enumerated the peals of the church bells, the steps of a passerby from one place to another, the words in the Sunday sermon, the letters of one book or another... Once he wanted to count the lights of the starry sky, but sleep overcame him before he could succeed, and he plunged down a dark precipice where the confounded soul discovers new preferences. From then on, he experienced a singular pleasure only when counting exceptional things, like the caws of the crows, the twitters of an owl foreseeing death, the moans before the orgasms of the maids as they copulated in the granary with the servants, the pitiful howls of the dogs left outside or the tolls of the bells on funeral days. His tutor, José de Zaragoza, was unsettled to find him counting the ants that devoured the cadaver of a bird.

One day, by chance, he discovered his ability to make calculations without using paper: he returned to De Zaragoza's house and, after having numbered the houses on a certain avenue by sight, he unwittingly pronounced a figure. He took little time to realize that the number was none other than the sum of those he had observed, a fact he confirmed by scratching out the sum on the floor with a piece of coal. All *appeared* in his mind. In time, he was able to know if the household accounts were exact with a single glance, and often he would calculate even the longest arithmetic in a matter of seconds. Don Miguel Francisco de Ilarregui, the astronomer of Puebla, requested that he compute the epacts of the lunar year. On another occasion, on a visit with his guardian to the Palafox library, he mentally raised the quantity of books on its shelves to the second power and then to the third, leaving all those present open-mouthed. Numbers were the reason of his existence.

When José de Zaragoza departed on a long mission of evangelization, he commended his student to God and wished him luck in the trade for which he was instructed. He could do as he wished. The student proceeded to mourn for three days. After this, he felt himself to be his own master, and he decided to test his fortune elsewhere. He passed through the settlements of Cholula, Huejotzingo, and the Valley of Texmelucan. He did dealings with thieves and paupers. He lived with heretics and swindlers of all stripes. He slept alongside adventurers and rebels who already spoke of freeing the masses from the Spanish crown. By day he worked for farmers and landholders and by night he sought shelter in nearby inns. On one occasion, in the fine old lodging *El Fogón*, he awoke with a start: sticky drops of sweat wetted his forehead. He felt the *urgency* of something. A dream brought to his memory that past instant that changed his life and caused his exile. The day of the eclipse. A stinging larva began to wind its way through the interstices of his gut. He crossed himself several times, as he had learned from De Zaragoza, but Providence refused to come to his aid. After several months, he understood that he could no longer contain himself. In the inns, he frequented the prostitutes who softly called him to their quarters: most of the women were toothless and ugly, only a few were young like Policarpo. One of them, Crescencia, took it upon herself to instruct him in the pleasures of the flesh, which at first drew out delight from Policarpo, and then a deep regret due to the prior teachings of his mentor. The Jesuit had warned him of the injurious temptation of women of all classes. In the night, Crescencia slept beside Policarpo, but he touched her no more. He thought again of his *essential* need, impossible to decipher. He made himself present around the gravely ill, but none was close enough to death. He looked to places where the work was dangerous, but there were no accidents to claim lives, just as there were no victims of knife thrusts or fatal blows to be found when he walked the paths frequented by highwaymen. Once again, he lay awake throughout the night, sunken in seas of unease, while the young prostitute pressed her body against his, pronouncing in her sleep the names of former lovers. Policarpo gave the woman the few coins he had left and requested that she leave forever. He allowed a few weeks to pass until, a certain Sunday, late in the afternoon and taking advantage of a shepherd's inattention, he snatched up a little lamb. He brought the creature to his inn. When night fell, under the cover of the darkness whose dominions cover half the world, he strangled the animal with measured pressure such that he might plainly hear and enumerate the signs of its asfixia. He was scarcely soothed. Not long later, he strangled again, this time a dog. More sheep followed. When no such animals were to be found, he had to settle for hens. Sometimes he found a way into the stables at night and with a rope he strangled mules and mares. The people began to grow alarmed upon discovering their dead beasts, they formed groups that patrolled the paths with torches and lamps at night, preceded by sharp-nosed dogs. He fled to other villages and took refuge in the deep forests of Popocatépetl. Near an abandoned shack, he found a huge goose and carried it away. As he began his ritual of death with the bird, the animal forcefully flapped its wings and managed to free its neck for a moment, giving him a strong blow with its beak, straight to the throat: from then on, the timbre of his voice was diminished. This characteristic, along with his paleness and the lost look in his eyes, gave him the appearance of a talking automaton.

Only after fifteen months could De Salazar feel complete relief: he was walking along a stream when he reached the spot where a peasant was bathing. He hid himself among the bushes of the hollow adjacent to the river so as not to be seen and waited coldly for the man to dress himself. Suddenly, like an abrupt gust of wind, he fell upon him and tightened his grip around the neck of his prey. By then, his hands were already two iron tongs that squeezed shut with purpose, with controlled doses of pressure, like a medieval mechanism constructed for this very aim. The peasant, with panicked eyes, gasped on his knees before his executioner, who gasped aloud as well, but with pleasure, until all was reduced to a number. In the end, satisfied, on the trunk of the tree nearest the cadaver, he carved the crucial figure. It was a beautiful number, odd and prime.

After long dalliances, he decided to return to the place that saw him born. He arrived at midday with a battered case that contained his scarce belongings. He advanced through streets that he had not seen in many years, but that he recognized in spite of their changes. Policarpo de Salazar y Hurtado was now learned in the matters of life and he boasted three occupations: he was clockmaker, calculist, and murderer.

THE THREE MEN CAME TOGETHER IN THE MATHEMATICIAN'S study. De León y Gama had made three attempts to meet with Policarpo: the latter finally accepted after becoming aware of the scientist's reputation and their common interest in figures and the measurement of time. Not even the lit candle could dissipate the fog that seemed to emanate from the calculist's eyes, which glistened at intervals like those of a reptile about to sink in its fangs and drive home its poison. On the table lay several open books, among them one by Gamarra y Dávalos with abbreviated calculations of enormous numerals, and *The Precise Clock*, the work by Salazar Mendoza that popularized the mechanical clock with spiral balance wheel in New Spain. Since De Salazar had declined the invitation to be seated, the men remained standing, full of discomfort. The atmosphere was dense and their tension was tangible in every particle. The very flame of the lamp retracted into the silence that fell from time to time. All of Policarpo de Salazar's reasoning gave evidence of the Jesuit education he had received from his tutor, to which he had added his own judgements, developed on his travels and those lonely nights when he argued with himself in pressing, perhaps torturous thoughts. Don Antonio, on the other hand, spoke with the mentality of a man of the Enlightenment, influenced nonetheless by the ideas of Athanasius Kircher.

After a lapse into silence, Hernán cleared his throat and De León y Gama spoke again: Such is the precise nature of numbers, we think above all that they walk hand in hand with the order of life, although we are the ones who govern them and reign over their abstract manifestation in our minds, even if they should escape our dominion from time to time...

Silence fell again, a dense silence. De Salazar moved from his place and took up an inkwell. He wrote a list of numerals on the paper:

111 111	The mathematician looked at the	33 (3 367) = 111 111
222 222	numbers, intrigued. While you	66 (3 367) = 222 222
333 333	were speaking, the other said with	99 (3 367) = 333 333
444 444	his eyes resting nowhere, I have found the mechanism that con-	132 (3 367) = 444 444
555 555	ceives them: one must simply ma-	165 (3 367) = 555 555
666 666	nipulate the first numbers of the	198 (3 367) = 666 666
777 777	count... How can that be?, show	231 (3 367) = 777 777
888 888	me, requested the scientist. And	264 (3 367) = 888 888
999 999	then the watchmaker pointed:	297 (3 367) = 999 999

367, the multiples of 33 are 33, 66, 99, 132,... Then he vomited out a series of numbers and arithmetic operations that De León y Gama swiftly noted so as not to lose track of them.

My God!, the learned man exclaimed as he looked at the table, what a strange association.

Policarpo's eyes shone with the satisfaction of a tyrant's as he contemplated the extension of his dominions, his unsuspected power to subjugate multitudes. Hernán held back an Ave Maria and crossed himself halfheartedly with his sweaty hand. To make such calculations with the mind alone was, with all certainty, the work of Satan. It was a gift that the Evil One bestowed upon his servants in order to conquer the souls of more followers for the darkness. In the academy of San Carlos, the mathematician had heard of people capable of similar feats, but none came close to his in complexity: he was hypnotized before the parade of numbers produced by this visitor. He was frightened to see that chaos maintained such order.

Policarpo de Salazar, master of the situation, spoke up and pronounced, in his muffled voice: The descent from pure ideas to the torturous paths of man becomes the driving force of great abominations. He was a prophet of the ominous, elaborating enigmas for the tormented species that races down an uncertain path toward the light, desperate to sate its thirst. When a handful of sand, continued the calculist, slips between the fingers, in the tumbling of each grain begins and ends the agitation of great numbers.

Silence fell again. As the clockmaker had mentioned sand, De León y Gama opened the *Harenaria* that lay upon his table. The book proposed figures beyond the myriad and numbers of indescribable magnitudes, difficult to imagine. He showed it to the calculist. The *Harenaria* contained the notes of a bold mind that would engender outrageous ideas, like that of filling the whole universe with grains of sand so as to then calculate their number. Numbers that emanate from secret parts of the mind to plough through immensity. Yes, colossal numbers that evoke the weight of the eternal, a swoon before enormous shadows that the eyes cannot hope to take in. The calculist's gaze took on a disconcerting brilliance. There was no expression on his face. He was impressed by the idea, but he made it clear to the scholar that he was referring to something *else*. He clicked his tongue. His eyes turned the brilliance into depth: in it, the mist set a pattern, pointing to that place deep as silent caverns in which endless vertigos and strokes throb in the darkness: the abysmal dwelling of monstrosities whose blasphemies deafen mortal ears, even immortal ears, as the thunderings of wicked voices that pronounce figures greater than the infinite.

De León y Gama, mathematician by trade and Enlightened man par excellence, understood the message of this gaze. The numbers of the *Harenaria* were reduced to the size of ridiculous ants clumsily advancing over the land of mortals. He swallowed salty saliva, the saliva of vertigo. Everything spun in the periphery of his gaze as he foresaw the existence of things that the mind vomits up by instinct so as not to give in to madness.

Policarpo de Salazar broke the silence with gestures and words of departure. Before he left, he turned his eyes to the two men who stood there, disturbed. Standing on the threshold, after a long pause, he stated by way of goodbye: There are not so many stars.

THE INHABITANTS OF THE STREET OF GOOD DEATH WERE silent, sullen. It was the street of transformations down which the people hurried in search of the priests of the Plaza of San Pablo to request confession for their dying moments. The residents' eyes ignored the passer-by: lost in monotony, with no sign of life, they seemed to contemplate the insides of themselves, the part where there are no sleep-filled nights but only darkness, cavities in which they once stored the knowledge of pain, and now nothing. They were clouded windows reflecting faces without emotion. Faces of nobody.

At that time, the city of Mexico, capital of North America in New Spain, was a nest of thieves and serpents. The viceroyalty found itself on the edge of decadence. In the upper chambers, the nobility snatched at titles like birds of prey in a chorus of cawing. Governing was the viceroy Martín de Mayorga, knight of the Order of Alcántara, a man considered austere, a patron of the arts, and pious, but who ignored or seemed to ignore the ungodly administration of the jurisdiction that lay in the hands of his cohorts, or their robbery of the poor, who, as the most miserable, proceeded to rob each other. In the street, the people threw old, foul-smelling rags from the balconies of the high stories. From the low doors, they hurled broken pottery, dead dogs and cats. The plazas served as markets and butcheries: numerous dogs, many with mange, congregated there to clean up the scraps. In Plaza Mayor, slaves were bartered in despicable traffic. Among the puddles and mires flitted flies hoping to plant their larvae in fruits and fried foods that would later be sold. From the windows hung the clothes of the convalescents of contagious diseases. From the same windows fell bits of rotten wood over the heads of those who bought and sold below. Beggars, some blind and crippled, others dragging themselves along the ground, plead for charity in verse or displayed revolting ulcers or monstrous, swollen legs for all to see. The masses walked along almost nude, not only due to their meager wages, but also due to their vices and games of all natures, culminating in street brawls, which supplied prisoners for the jails and bodies for the cemeteries, or at least wounded men who would later become beggars.

Through the streets passed convicts destined for the noose, whipped on by the executioner of the Chamber of Crime or the Holy Inquisition. There passed criers of holy edicts, wandering circuses, and feasts for the functions of the Royal and Pontifical University. There passed severe clerics in dark cassocks, before whom the world knelt and bared its head. There passed carts and coachmen, Indians and mestizos, mulatos and people of other castes, calling out their wares to the four winds.

After the diurnal hubbub, darkness and silence reigned: the ghost of a spectral muteness drifted through the sleeping avenues, not yet lit, down which only madmen and drunkards dared to tread. Along the Street of Good Death, one could hear the nocturnal procession of the Rosary of Souls advancing to the peal of a dismal bell, begging pitiably that Paternosters and Ave Marias be prayed for the eternal rest of the dead.

On those very nights, inside his silent room, the clockmaker of Good Death (as those who knew him called him by that time) counted the seconds before sleep. One second. Two. Fifty. One thousand one hundred... From his bed he numbered the death rattles of time by the light of the candle that threatened to go out. The synchrony of the needle advanced in its angular motion, determined, toward death. But it did so in reverse, in the clock that

Policarpo himself had built and whose hands turned backwards as if attempting to recover lost time, a return to the youthful years when the state of nature smiles and caresses.

THE COUNTERCLOCKWISE PROGRESS OF THESE HANDS, this demented artefact that Hernán Cuevas had seen in De Salazar's workshop, was the reason rumors started to circulate in Plaza Mayor. Before the merchants, he claimed the clockmaker's gifts were owed to powers obtained with concoctions made by the idolatrous Indians in the vicinity of San Agustín de las Cuevas. He mentioned that in his workshop he had also laid eyes on malignant instruments, among them a pendulum that never stopped swinging: what better proof could exist of a pact with the Evil One? He claimed the clockmaker possessed a compass opened to just the right degree that, when he used it to trace a circumference, whoever looked upon it would die. According to the servant, within the clockmaker's power were rules of measurement and specially graduated cords to determine the closeness of the dead and the frightful Llorona. As if this were not enough, he attributed to him the possession of manuals in pagan languages containing numbers with which to invoke the demons of Legion. He knows of curses and infamies by which a man is condemned for all eternity, he said. His inventiveness went to root in the crude ears of the masses, humble people who listened to him and grew confused, since while some thought they saw in him the 'coming Antichrist,' others took him for a healer, a layer-on of hands. Some thought him a fallen angel, wrapped in a garb of flesh and bone. Others imagined he had returned from among the dead.

The scarce clockmakers of the day tried to draw from him his particular knowledge of time, and they bowed in respect when they succeeded in hearing him speak of the art of establishing periods, of the exact proportions between the parts of the *relox*, of the Analytics of measurement, including the instructions to create assemblages on a ruby carved at the axes, and to place the escape mechanism, whether as a wheel or a pendulum.

Cuevas was far from suspecting that his unmeasured words had a measure of reason: at the site of De Salazar y Hurtado's mental silence worked a secret clock whose hands approached the point of twelve midnight.

NOT IMAGINING WHAT HIS SERVANT WAS SPREADING FROM mouth to mouth through the plazas (he planned to take him as his secretary in short order), De León y Gama also thought of the clockmaker. He scrawled numbers at his table.

Mathematics and art are joined by intimate bonds, he told himself. Bonds knotted between themselves, palpable in the obscurity that shrouds men's sleep in   darkness. De León y Gama perceived beau ty in   the faint   strokes of subterranean geome try, or in   the abstract formu-   lation of algebra. He drafted curves and worked away at the   game of fluxions and the squar ing of curves evoked in New ton's *Tractatus*. He also set his attention upon astronomical events and the terrestrial atmo sphere, observing all things as if through a kaleidoscope: di versity in unity, unseen   colors, excessive forms. He allowed   himself to be   drawn in from the start by the configura-   tions that were gradually defined into the plans for the Palace of Mines, under Tolsá, a daring architect and sculptor who reincorporated into the architectural tradition the basic elements of symmetry and proportion of the Greco-Roman past. Yes, señor, he upheld, Manuel Tolsá is the artist capable of fusing mathematic coldness with the subtle textures of art, thereby penetrating the walls laid for humankind before the act of creation. Also belonging to the kaleidoscope were all things related to navigation and the deformation of longitudes, a subject treated by José de Zaragoza and by Diego de Guadalajara y Tello in his magazine *Various notifications and reflections conducive to the good use of clocks*, which appeared beginning in 1777. The clock and the science of navigation formed an indestructible unit. De Guadalajara y Tello was a master of Mathematics of the Royal Academy of San Carlos, where the level of abstraction was elevated and the community kept up to date with recent advances. The same could be said of the Royal Seminary of Mining, a place of high mathematics, superior to those of the Pontifical University. The learned man saw clockwork as a liberal art, and he concurred with De León's tastes for proportion and symmetry. Both had their own opuscules and investigations, and this was the extent of the relation between them. De León y Gama had nursed the secret idea of meticulously classifying all the mathematical knowledge of the day, but he would never do so: time is more prone to slip away than water or sand.

Between his tireless coming and going to and from the Seminary of Mining, wrapped up in revisions and comments on scientific texts, books, and symbols, the mathematician took the time to think on his two encounters with the calculist. The man's voice was impossible to drag out of his memory. How had it become so deep, so muffled? He meditated upon the monstrous entities that the clockmaker had put forth, allowing for the risky notion that, perhaps, they did not deserve the name of numbers. Although De León y Gama could not compare to him in skill and speed, he was an excellent manipulator of numbers on his own account. Applying the methods of Leibnitz, he was capable of reaching magnificent approximations of irrational numbers to several decimal places, among them, for example, the number π, which served him well for the analysis of the problem of the circle's circumference. In his second encounter with De Salazar, once their discussion had begun, the mathematician had recourse to draft a circumference, a perfect drawing he completed without the help of a compass.

The fascination of the circle lies not only in its shape, argued De León, but also in its center, the point from which all others that lie on its curve seem to flee, seeking to become equidistant from it and to attain the maximum symmetry known to man. The distance from each of them to that enigmatic center, he continued, possesses a relation that all the varied cultures glimpsed, since when the double of this distance divides the length of the closed curve, a marvellous number emerges, quintessentially hypnotic, the figure pursued with grueling effort by the ancients: from Athens to the pagan lands of Moors and Muslims it was longed for, just as in Florence and the highlands at the top of the world, do you know?, there where the terrible Chinese and Tartar dynasties took root, and we need not even imagine how it was pursued by the Egyptians, the Babylonians, the Chaldeans, all the same, passing down their dream to the Pythagoreans, the Gnostic Christians, even the mages, until it was finally proved that the Earth is round: the circle appeared again! Then it was demonstrated that the Earth rotates on an axis, the learned man explained, all that rotates drafts circumferences around the geometric center of the turning shape...

Ignorant of the mechanism by which to calculate such a relation, Policarpo requested of De León the numbers he must divide in order to attain the marvellous figure. The number of circles that can be drafted is infinite, the latter answered, to seek two quantities whose quotient generates our number would lead to a grave problem. He related that an approximation given by Archimedes was later improved by Tsu Chang of China four hundred years after the ascension of Christ. Chang reached a number that was only approximated, and imperfect (the learned man wrote on a sheet of paper): 3.1415929... which was not precisely the one he was looking for, as it was exact until the penultimate written figure. Besides, the number of existent decimals had to be infinite, and it was impossible to predict, in any way, the next one in the list. See here, Policarpo, if you are interested there is a useful mathematical technique to slowly calculate its decimals, invented not long ago by a German, although it is laborious and it demands calculations and more calculations to obtain each figure with precision, signalled the mathematician. Many calculations... That will pose no problem, the calculist thought with arrogance. An outline of the techniques of Leibnitz convinced Policarpo of the contrary. With the word 'calculation,' the mathematician referred to algebraic techniques and an equivalent of the fluxions of Newton. For the other, it was all numbers. After that surprise began his obstinacy to know these capricious numbers that, when divided, would give rise to the other, also unknown. He needed them before him, well defined, to them manipulate them in his way. De León y Gama issued his sentence: The impossible cannot be done. But the calculist was already thinking, not listening, not surrendering his ear to the world. He was beginning to sink into abstractions, into seas of savage numbers concealed inside him, searching for that which he was sure must exist. De León watched him walk away, his demeanor hard and full of caution: like an animal that has been mocked.

De León y Gama thought of what would have occurred if Archimedes has possessed that same ability to calculate in his mind.

Would his geometry and catoprics exist, his hydraulics? Would they have been lost in the ocean of figures, paying no heed to the menace of Marcellus, that Roman predator whom he valiantly combated with his science? The learned man speculated. He imagined a monstrous vision in which Galileo bellowed numbers of all proportions from the heights of a leaning tower, with the people of Pisa noting them down, driven mad. If he was sure of anything, it was that the relation of shapes with numbers is not gratuitous: it is impossible to find it out with only the shape or with only the number. Was he really sure? He shared in Policarpo's initial perplexity, so much so that on the cusp of night, after a dinner he barely touched, he felt the company of fine particles floating in the air: they entered his head through his eyes, through his ears, through anywhere they could.

BACK IN HIS LODGINGS ON THE STREET OF GOOD DEATH, THE calculist took up cords of varying lengths to wrap the edges of circles cut from wood. He knew the torture of uncertainty, and it was that torture that hid things within their true form, in pursuit of numbers inaccessible to the clumsy action of measuring: because to measure is merely to guess.

He wondered about algebra just as he sank into confusion over the geometry of the infinitesimal. This Leibnitz... But numbers were his life and he *would reach*, through numbers alone, with no sort of artifice, the enigmatic figure. The values that resulted from his mental calculations, the products of imperfect measurements, drew him toward a figure hardly greater than three, with diffuse decimals that varied just like his uncertainties. The scale of measurement was never quite adequate, he needed the cords not to catch along imprecise points of the gradation, but they insisted upon slipping or stretching. A cord, a trap. He sought to trap a number whose decimals danced macabre before fading into the harshness of reality. It was true that circumference governed time, just as it is a fact that the grains of sand in the hourglass are themselves toothed circumferences. The clockmaker longed for knowable and existent numbers like those of the restless sea within him, always within and never without, fleeing from the mind that tried to hold them captive. Geometry must be a lie. From that moment on, the act of calculating took on the dimension of a feverish desire, emerging from nothingness for the seeker of numbers, as he watched hidden tenacities in the twinkling flame whose light is so bright as to be blinding. He sensed the coming of figures manipulable by nature that would give way to ecstasy. Surely the mathematician knew many of them and wished not to reveal them. Soon he would draw them out, by force if necessary.

Circumference was a ruse of movement, illusion, or perhaps creation, perhaps so was time, concocted by a mind determined to distort reality. Yes: they were creations of deceit.

NEITHER POLICARPO DE SALAZAR NOR DE LEÓN Y GAMA suspected that, near the location of their brief encounters, just nine years before, a puzzling device had been assembled in secret. New Spain was a center for the creation of mechanical entities governed by cogs. Machines built for any purpose, as if vomited out of Leonardo's sketches. Artefacts for the manufacture of leather objects or for grinding grain. Or for the spinning required in the little factories and looms that competed with the hands of artisans, whose cogs worked together in swift movement. (Others ended their lives as mechanical abortions abandoned under lean-tos or melted, their metal reshaped into horseshoes.) This device, though, had already taken its form. It had been freed from its creator's mind and gained access to the material realm. The machine was born from a hive of madness, inner longing and torment. A mechanism capable of something that, perhaps, no one in North America could have imagined. Mere months were required for its maker to unravel in the universal laws the measurements of its toothed wheels and pins, cranks and other barely conceivable ingenuities that circled, rightly placed, around each assemblage. It looked like nothing seen before. A machine-monster configured, firstly, in the tide of a brain relegated to the regions of discovery between shadow and light. A mental construction of innovative structure and dimensions. An offspring formed alone. Its design began in silence and in silence it ended, sharing nothing with the crass hubbub of the place where it was built, near the nascent construction that would soon become the Palace of Mines.

OF ALL THE CRIMES THAT POLICARPO DE SALAZAR Y HURTADO committed in his life, only once did he spill blood.

In 1781, another year of the Lord for the prelates, the murderer began making incursions into the house of De León with the exclusive purpose, he assured him, of seeking instruction in fundamental questions of mathematics. The mathematician received him with enthusiasm, even as the clockmaker's character continued to provoke mistrust and perplexity within him. The only one who never acquiesced to the arrangement was his servant. Whenever he could, with a wide range of pretexts, he impeded access to De León y Gama and thereby to his figures, and thus he created around himself an aureole of pale yellow light that marked him as a prospect before the doors of Hades.

Aware that the rumors he spread on the streets neighboring that of Good Death had not achieved their desired effect, Hernán conceived of new tricks to fight against his enemy. His fear of the man's ways had transformed into venom (how he hated him!): he ended up carrying himself with the haughtiness proper to viceroys before the masses.

A certain morning, the mathematician searched among his papers for a few documents and notes written in his own hand. They did not appear. Without success, he ransacked his study from top to bottom, his house, even the corners of the patio. He snapped at Hernán that he too should search. They found nothing. Giving up the objects for lost, he sank into dejection. Not finding his notes, among which were his observations on the texts of Galileo, and those referring to the matter of the measurement of time, as well as his investigations into algebra in response to the problem of the roots of polynomials of any degree, he sank into a depressed lethargy that gradually consumed his body and spirit. The soul darkens even upon contemplating the foam of the sea: that of the learned man was saddened to see the jagged reefs upon which broke the waters of uncertainty. Hernán was aware of the sorry state of De León y Gama, and he thought it best for the fulfilment of his purposes. Yes, he himself had hidden the documents away from that place. He prepared a plan of blackmail that would destroy the clockmaker, exposing him as a common thief. He held tight to the hope that this would be the ideal pretext for the Chamber of Crimes to take note of his diabolical objects and send him to the gallows. He needed only hide the pages in a new place: the workshop of the calculist. Thus, he would rid himself forever of his learned master's unexpected student. He would act after the sun set.

On the night he had selected to put his strategy in motion, he impatiently awaited the wee hours of the morning. He departed and made his way toward a certain dirty, forgotten chapel, a refuge for sleepless beggars. There, under a plank of the worn-out wooden floor, lay the stolen pages. Not long later, he walked toward the Street of Good Death through the hanging darkness that veiled the street's cobblestones. His silhouette advanced like a sad soul, a ghost returning to its damp place in the niche of the forgotten. He chose the back part of the workshop, taking care not to make any noise that might give him away. He succeeded in sneaking in through a window, beside a table on which half-built clocks were strewn. He knew De Salazar spent his nights there, so he groped his way forward, running his hands over objects in the dark. He could hear the violent pulses of his heart. His hands shook. One false move and all would be lost, the clockmaker would open his eyes and then nothing would make sense: the defendant at trial might be himself. Hernán Cuevas remained there, immobilized, for several long, anxious minutes. Should he truly be there? He did not know for sure, but he was just one step away from his goal: all he had to do was hide the papers in the workshop and leave as quickly as he could. He breathed in and kept moving. An unseen object appeared out of nowhere in front of his feet, making him trip and then fall with all his weight as the papers flew from his hands. It was the container of leeches that had repulsed him before. The vessel shattered and the old man's extremities fell at the mercy of the vile creatures. His body, stunned and knocked down to the floor (he did not know for how long), only reacted upon feeling the bloodsuckers' mouthparts attaching themselves to his body through the gaps in his clothes. They were sucking out the liquid that gave him life! He twisted in pain and whimpered, horrified. His left leg was broken, as were the fingers of one hand. He soon heard footsteps. The light of a candle grew clearer and illuminated the nooks and crannies of the room, and then those of a cadaverous face. Policarpo drew near, the defeated members and muscles of the old man were unable to respond. A few unlucky leeches twisted on the floor in irreversible agony. The murderer glanced at them before casting his eyes over the scattered papers; finally, he concentrated on him. At that instant, the old man knew that his antipathy, his hatred for the calculist had been requited for some time. He was lifted up by the clockmaker's strong hands, which carried him to a corner beside the candle. De Salazar looked at the ceiling as if giving thanks, just as a pent-up fury played over his features. Then he laid his eyes upon the desperate man and, in his cavernous voice, pronounced: Tonight I will teach you to count.

He calmly prepared the objects necessary to deliver death.

He grabbed the old man and tightly tied his feet, he tossed the end of the rope over a wooden beam in the ceiling, and then Hernán Cuevas was trapped, hanging with his head pointing down. His enemy picked up the living leeches, placed them in their pail, and pushed the container just under the hanging man. With a kitchen knife, he made an incision on the old man's temple. He had chosen a vein from which to begin an unhurried process of bloodletting: one by one, thick drops of life fell into the bucket. They were easily distinguished, easily counted. The servant looked upon the blurred, inverted face of the man who greedily pronounced numbers while his consciousness gradually fused with a circle drafted behind the murderer's back. He died slowly as he listened to the figures progress toward his own death.

The parasites in the bucket writhed gluttonously in the fresh blood. De Salazar y Hurtado was exhausted by the excitement. He looked over the content of the papers littered on the floor: among them were algebraic equations. He looked at the rigid corpse. He spent the rest of the night in the task of dividing up the useless body such that a numeric relation should be found between the number of pieces and the drops of life he had counted. With great care, he placed the parts in an ixtle sack. Still before dawn, he set out for Plaza Mayor and, among the rotting guts of pigs and cattle, he tossed the fragments of his victim. The bravest dogs, or the hungriest, nibbled on the sack with their desperate jaws. As dawn broke, they devoured the old man's mangled remains, below a sun that emerged red over the horizon: like blood.

POLICARPO LEAFED THROUGH THE MATHEMATICIAN'S PAPERS at night.

He held in his hands an indecipherable and hypnotizing mystery. The manuscripts marked the entrance to his warped learning, shaping his ingress to new nightmares. He learned the rudiments of algebra, which he considered vile just as he took them up with fascination. The dreams of reason began to produce monsters, dislocated visions before the candle that illuminated the yellowing pages. Alone, the murderer seemed full of life, his features lit up as he let out intermittent whistles of pleasure and also of pain. Each of the manuscript's claims made the calculist blink, uniting, as if carelessly, the iniquitous world of ideas with that of matter. Much of what happened after was owed to the incorrect conception that, from the abstract, this somber man developed. In his reading of De León's papers he found an annotation that read: *In algebra, a number is a common thing: algebra generalizes the number.* Then came an outline, in De León y Gama's style, of the theory of equations and generalized properties of numbers, now substituted by letters. Later he explained quadratic equations before delving into the techniques of Tartaglia and Cardano for those of the third order. The text was rich in details: it seemed that the pages were ordered systematically to make up a book. De León y Gama analyzed the solution of second order equations by square roots and an Arabic trick through which he reached, again, the same response. *Algebra, in its sovereignty, simplifies the things of life, it is not concerned with the necessities that rob it of cheer*, the text claimed. De Salazar shut his eyes with a combination of repulsion and devotion. The conglomeration of equations brought on opposite and contradictory sensations in him, jolts of nonsense that opened cracks and doors in his mind and then bashed against them with violence. One of these doors remained open: can an equation be solved using not algebra, but some kind of numerical intuition, an *algebra of the mind* with no need for paper nor *letters*? Worn down by the fatigue of his vain attempts, he remained sitting for many nights before the papers. Soon his head fell victim to violent pulsations on whose limits his mind wandered, thinking and then dreaming. On a wall, beside the skeleton of the *Polyptych of Death*, he painted symbols after choosing at random a striking equation from the notes of Antonio de León: $x^2 - 3^3x + 3^3 = 0$.

And so, time plunged him into misfortune. Little by little, the form that his gradual drowning would take became clear. As time passed by, he calculated furiously in his mind, sometimes for days at a time, desperate to discover the solution to that strange equation without the loathsome use of algebra. He found nothing. He was growing sick and pale. In his frustration he dredged up spiritual miseries, malevolent and sorry thoughts, every source of his shame. He stayed by the lit candle and stared at the *equation*, as the leaves of the calendar drifted past and fell cyclically from the tree of time. He thought beside the Cathedral, in the plazas, and outside the leprosariums. The troubling and dry form of the *equation*, the time he passed impassibly, and those tormentous and invisible numbers, day by day and night by night, marked his face. The people of the city bumped into him, the clockmakers, the colliers, women who sharpened knives and scissors, cartwrights and children: he was a shadow without a body to cast it. All avoided him and continued on their paths.

De Salazar y Hurtado abandoned clocks forever. In his room, he concentrated his mind again and again beside the candle. Time was gradually consumed in that flame that shone and, pallid, burned. The mathematician asked after him with no success.

Although the mathematician's notes pointed out the infinity of similar equations, he continued to concentrate on that equation alone. He dared to cross seas of numbers, waterfalls of figures upon figures in the daily labor to which he submitted his head until it almost burst. That was when he felt countless waves of vertigo pressing him toward formless precipices, into which heads no longer capable of producing ideas are tossed like hollow nuts that, upon crashing against the ground, reveal their emptiness and roll downhill until they are crushed. In vain, he tried to feel his way through the void with his blind survey, a sticky void, his *algebra of the mind*. He recognized the face in the mist before he even looked upon it: first before the circle, now faced with solving the equation. His pursuit of baseless illusions, without reflection, had left him disappointed. He told himself: The world is a vile mirage (in his devastation he pronounced the word *vile* for the first time). He was seen alone on the bridges, especially at night. *He was counting things*, said his neighbors on the Street of Good Death. He faced the terror of nothingness! Policarpo's face had changed, his skin looked like wood dried out and ground down by time. Old Hernán had died years ago, and the dogs had surely swallowed his remains, but the servant's vengeance had been consummated from the depths of Hades. This destruction was worse than the one he had planned, and it had already taken its seat on the throne of doom. At the end of his fascination, having made the efforts of a titan of the mind, the years escaped him and all he discovered were sad, diffuse, incomplete numbers.

He had no choice but to fill this emptiness with the presence of himself and return, a prodigal son, to his elemental numbers. The number is taken from reality, he thought in his room, and not from spectres. I must go out onto the streets to find them, he finally declared aloud. At that moment, he felt like himself again and he began again his life's work. There exists an incommunicable joy in enumerating the signs of a life that flickers between the fingers as it disappears.

PEOPLE FEAR DARKNESS, AND ALSO LIGHT. AT THE END OF 1789, a troubling light appeared at night in the heavens. Its phosphorescence arched across the whole of the celestial vault, terrifying the inhabitants of the city of Mexico. No one could explain the source of the glow, which evoked that of a ghost. It robbed the stars of their shine. It defied the moon. The phantasmagoric light hung from the heights, like luminous liquid spilled across the sky, washing away the breath of souls. On those nights of terror, the glow froze the bones, it gave pause to many hearts like a gust from the sidereal distance, an omen of the end, the gaze of God awakening from a deep sleep, about to witness the sin of souls: eyes that contemplate all, down to the deepest depth, to then pass judgment with the wrath of ages.

Few left their homes. The old women whimpered after forgetting the words of their prayers. The children were wrapped up completely in blankets and garments of wool, while their parents begged the heavens for the return of shadow. Sobbing with remorse, men relinquished their vices like dirty rags of clothing, left lying on the ground. Women abandoned their gossip and minded their tongues as they anxiously clutched their scapulars. They ceased copulating with their husbands and placing their hands between their thighs when they were alone. The noble ladies, wives of miserly creoles, lost their fat as they forgot their gluttony, fearfully abandoning their sweets and their prized *chocolatl*. More than a few scattered ashes on their beds and knelt on grains of rice that cut into their knees in their vehement prayers. Others gave to charity and dressed in the garb of the poor, punishing their bodies. All began to clothe themselves in an aura of sanctity: their beatitude stank, an uncunning sign of hypocrisy, emerging from the anxious desire for a redemption that was distant and longed-for nonetheless, like the urge of the sufferer of thirst to drink sour wine or seawater, or blood, whatever it might be to survive. And so, the souls flapped their arms in an effort not to sink like castaways into their misery. In some places, *prophets* emerged. The helpless hurried down the path to the Sanctuary of Guadalupe, the other temples and chapels filled as well, and within them hymns were heard, intoned with fervor. Every priest was an incarnation of hope: the clergymen were embraced with despair among seas of candle bearers whose flames flickered in a sad, icy draft of wind, slipping through the cracks in the church roofs. On those luminescent nights, the temples' doves nested close and cooed softly, they flew over the nearby rooftops offering a sinister spectacle: not a sign of peace but a warning that they would devour the bodies of those fallen in judgment, like the carrion birds they really are. The beggars pointed to the sky with their monstrous and deformed extremities as they cursed and cast scornful gazes at the world. Arachnids and vermin scuttled uneasily from the cracks and splits in the walls. Scorpions were seen linking their pincers in pairs: they performed a danse macabre under that stream of light, overflowing from the Milky Way and from the stars.

This unpredictable happening in the heavens affected the minds of the learned just as it did the superstitious. Few were the individuals who stayed standing and searched through the scientific method for the causes of the incident without placing their own fears in between. One such individual was De León y Gama, who elaborated his own theory regarding the phenomenon, a dissertation based on the theory of the ether, which was, in his judgment, influenced by the moon: *The moon is the agent that places in motion and agitates the ether.* It was unknown whether the phenomena of the aurora borealis took place within the atmosphere or above it. De León y Gama argued that the aurora occurred on top of the atmospheric layers. Then another theory emerged, proposed by the physicist and meteorologist J. Francisco Dimas Rangel: he claimed that a certain electrical agent was inflaming the atmospheric matter. In time, it would be revealed that Dimas Rangel was closer to the truth. In the meantime, the unlearned people clamored, trembling and fearful, under that "fire on the horizon."

In those very days, in the streets, in the little plazas, and under the bridges, they began to find cadavers with ashen faces. On the petrified features of the corpses was a look of terror, but they had not died of fear: they had been strangled. The evidence of their suffering persisted in their contracted, twisted tongues, and in the eyes, standing out of their sockets, of those victims snatched abruptly from life. The fear they inspired was owing, in part, to one fact: they seemed to continue staring into the cause of their death.

DON FERNANDO MANGINO WAS INFORMED OF THE EVENTS by the viceregal police. Until then, the administration at his command (by order of De Angulo y Bodoquín himself, knight of the Order of Calatrava) had made manifest that he could continue to serve at the viceroy's right hand for a long time, thereby legitimizing his popularity as a leader. Now, something frightful was happening in the streets.

On the Street of Firewood, a man was found with an atrophied throat and a sunken Adam's apple. The people had cried out in terror: the dead man, his mouth open, gave the impression of begging with a grimace of anguish for the air that he would never breathe again. His vision was frozen in the act of watching death, and on his lips was the intense violet paint of swelling blood. The cadaver's fingers were terribly twisted, all of him was. After two days, on the Street of the Basque Women, an old woman was found. Just the same, the mark of asphyxiation levitated over her face. Her bloodshot eyes seemed to bulge out of their sockets. The woman had been strangled several hours before, and her little body, shrunken, displayed the rigidity of those who will not rest even in death. The police noted in their report to Don Fernando Mangino that the old woman had foam around her mouth, emphasizing the fact that around her flimsy neck, bruised and uncovered, hung a little image of the Virgin of Guadalupe with her palms together and her face of peace, of warmth, so different from the disfigured visage of the poor victim.

Thick mist blew past under the light of the sky that had caused so much clamor in past days. Fear remained in the city with another face. A skeleton intoned funeral songs on the alleyways and bridges, it was time to pray not to become one of those breathless bodies that appeared on the streets. The shadows, the lights, the murmurs of the city, the hustle and bustle: all the sounds had become phrases of the melody that death sings to men as she works, with her cold and bony hands, the spinning wheel of what is to come.

It did not take long for more bodies to appear. A young woman. Then two men. Whoever killed them did so with a surprisingly measured violence, blending cold blood with the fortitude of a murderer breathing in the darkness. Soon there was no shortage of deaths in the vicinity. The suspense of the people. The bodies were discovered in chapels, nibbled by the dogs on rubbish heaps, sometimes in the fountains.

Once they are submerged in the mist, the look of absence on the dead is accentuated. But the rigid cadavers that were dragged off the pavement resembled living, tortured statues, which might at any moment let loose the scream trapped in their throats. Fernando Mangino crossed himself in secret when he thought of those contained screams, whose echo had flooded the city. For the first time, the people heard the canticle of the defleshed beings whose eyes remain all too open, never to close. De Angulo y Bodequín, the gentleman viceroy, ordered inquiries and searches with no result as the rage against his men increased. He was a pitiless man, an expert in contempt, especially toward the Indians. With the arrogance of a man with military matters firmly in his grasp, he publicly vociferated and described cruel punishments, with the hope of causing fear in the criminal. The Court of the Holy Office, for its part, pronounced a sentence: in their dictates they mentioned the rack and other instruments of torture that awaited silently in damp cellars and dungeons.

The waves of homicide continued. Sometimes they ceased for a month or more. Then they returned like inevitable tides. The victims appeared at dawn under the Bridge of Jesus, the Bridge of Mercy, that of Juan the Collier, that of the Bishop, and others with no name. Sometimes they were dredged out of the canals those bridges crossed. From under the Bridge of Jesus they pulled a fragile little boy, who in his misfortune had met the same sort of death. Infuriated, Don Fernando Mangino read the report. The child had a rope knotted with such force around his neck that the doctor assigned to cut it, even with all his skill, could not help but slice into the tender throat, from which dark blood slowly trickled.

A prisoner of his impotence, Mangino persistently offered rewards of jewels to whomever might provide useful clues to catch the murderer. Just the same, noble titles were promised to the dirty, ignorant people to make them participants in the pursuit. Spreading news of the impious crimes through printed media was prohibited on pain of death: not only did they expose the administration of the viceroy to critique and scepticism, they jeopardized his authority throughout New Spain. It was the last thing the maximum hierarch needed: that the fingers of a vulgar killer, in the words of De Angulo y Bodoquín, should put at risk his continuity in power. The panic of the nobility grew when, near the property of the viceroy, the body of a certain nobleman was found, the Baron De Santillana y Cosme, who had been gagged with great thoroughness: his mouth was full of rags and paper: on this occasion the murderer decided not to wring the throat: with only two fingers, he squeezed the nostrils and asphyxiated the unfortunate Baron De Santillana. To the viceroy's good fortune, the scandal that such a death should have caused was stifled by the notice of the sudden death of Carlos III, the king of Spain. The knight of the Order of Calatrava demanded of the people that they mourn his death and threatened any who disobeyed with severe fines. The people did not forget their concern over future crimes.

On days like these, the Inquisition's noose, that rope dangling from the gallows on its wooden post, was no more than a risible and absurd symbol.

DOGS HOWLED IN THE STREETS AND FAR AWAY THE CLOCK of the cathedral could be heard to strike eleven at night.

The storehouse was sunken in a peaceful silence, softly interrupted by the clinking of the golden coins that Doña Gertrudis counted intently. Thanks be to God, her earnings of the day exceeded those of the day before. The idea of dedicating herself to the grain trade had borne fine fruits, all the more because she was able to conduct the matters of her business by intuition until becoming wealthy. The grains were bought for laughable princes and were sold at a profit margin of triple their cost. Once the business was operating successfully, Doña Gertrudis threw out her anodyne husband, who lacked ambition, to administer the trade alone. Every grain was weighed and reweighed, never a coin more than needed was let slip. Corn, beans, barley, peanuts, and amaranth arrived, but she also received condiments like sesame, oregano, and cloves that were carried on the backs of mules or on the sweating shoulders of Indians. The people of the lowest classes were the first to receive the harshest deals from the witch, who compensated them for their grains at her pleasure (if at all), as she had the habit of paying only on rare occasions: she did so by extorting the unfortunates, assuring others, always in public, that they were delinquents who had robbed her. She typically brought along a *witness* such that the people, in their humble and fearful condition, ran off empty handed, hearing the thick woman's roars of laughter behind their backs. And so, the chests of grain overflowed like the sea to provide the city's outskirts. The rest stayed where it was to supply the nobles and the well-to-do.

Coated in sweat, the coins passed through untrustworthy hands time and time again. Doña Gertrudis noted down figures on lined paper. The echo of gold on a night spent alone is the most beautiful music to the miserly ear. The woman yawned, satisfied. She counted grains and money. With this fortune, she would be well able to procure the company of a man to revive her passions. She liked them young and robust. And besides, if the world was to end soon, she was happy to let others worry about it: people of little will and imagination, worth nothing. With warmth in her eyes, she cast a final glance over her precious crowns. She yawned again. She sat surrounded by a sweet, enveloping lethargy, in which it would be easy not to notice that from the shadow a human figure emerged, its face covered. There was no time to react. A knife slit her throat and from it burst abundant streams of liquid that would never return. The woman shook her wide arms, she tried to scream but she could only let out vague, muffled whimpers. She still had time to doubt the reality of what was happening: she remembered the being that was so feared on the streets, but he strangled and this one had cut her throat. Her effort to see the silhouette's face was entirely useless. Everything else began to lose its shape, life slipped away from her too fast. She succumbed under her own weight. The oil lamp fell at her side and shattered as she babbled and drowned in her own blood. Then the rest of the world transformed into darkness and went blank. In total silence, when the act was consummated, the faceless man departed into another darkness: that of a night without stars.

IT IS NOT UNCOMMON FOR EVIL TO BE NOURISHED BY THE fog of legends.

A century and a half before these crimes, midway through 1612, a Spanish knight trod the lands of New Spain, a man of Burgos, known as Don Juan Manuel de Solórzano. He arrived with the party of Diego Fernández de Córdoba, the Marquis of Guadalcázar. Besides possessing much wealth, the gentleman knew how to make friends in the high circles of the nobility, he dominated many subjects and had a gift for words like few others. From his arrival, he was afforded respect thanks to the composure with which he conducted business and, years later, when Lope Díaz de Armendáriz found himself in the seat of power, the latter showered him with homages and favors, a fact envied by enemies and kin alike. Some time later, the man met Doña Mariana de Laguna, a fine and virtuous woman. Flattered by her promising looks, he decided to propose marriage, to secure his ideal of joy and happiness. He established their residence near that of Lope Díaz. The friendship became a brotherhood and the viceroy offered Don Juan the administration of the branches of the Royal Estate, an important post administered by the Audience, whose members were displeased by the hierarch's decision. Conspiracies spread and the Audience threatened popular uprisings, just as humiliating rumors circled around the figure of Lope Díaz.

In 1640, the revolt in Catalonia distracted the attention of Felipe IV from his viceroy's administration of Mexican territory. The authorities of the city of Mexico, who had taken offense at the viceroy's actions, saw the opportunity to take revenge on Lope Díaz de Armendáriz and, at the same time, on the hated knight. The latter disappeared from sight. Here, history begins to blend with myth. Legend ever conforms and integrates words with rumors. Among those offended by the knight's success was one who now served as Minister of Crime: Francisco Vélez de Pereira. Taking advantage of the distracting Catalan uprising, Vélez de Pereira immediately called for Don Juan to be taken captive and led to a dark, foul smelling cell. There hell began. From there, the monotony was accompanied for days by the sounds of the rats sniffing around the corners of the cell in search of the bread that was tossed to the prisoner. The knight tried to take in the facts and understand his circumstances, as he was kept up to date with what was taking place beyond his heavy bars. One night, his most trusted informant brought him news that closed in around him and lashed him viciously: Doña Mariana de Laguna, his wife, was having relations with the Minister, the same who had locked him away, confined in darkness. Blinded by jealousy, the wounded man lost his reason, overcome by frustration and a terrible rage. It is said that he bellowed in pain and writhed on the hard surface of his cot. He swore vengeance. In his desperation, he turned to a wealthy and influential friend, Don Prudencio Armendia, who succeeded in freeing him from prison. Don Juan Manuel de Solórzano immediately made his way to the home of the unfaithful woman. Chance set the scene for him to find her in the arms of his enemy. Consumed by rage, he charged at the Minister and killed him with great violence before his terrified wife, whose screams could be heard throughout the street.

When the truth of a fact is entirely unknown, new words emerge, governed by laws that attempt to reconstruct it, to delve into the unseen and penetrate into the very base of the events. This is why another version of what occurred exists. It is said that the knight, in spite of his wealth and his social position, held a deep pain in his innards, as his beautiful wife had not given him heirs. How disgraced he thought himself! He sought solace in religious practices, he spent days at the churches trying to see the golden light of God under their domes. He felt the call of the habit to such an extent that he sought separation from his wife and considered devoting himself to the order of Saint Francis. This was the reason he disappeared from sight. In this presentation of the fact, Francisco Vélez, the Minister of Crime, goes unmentioned, although it does make reference to a lover kept by the wife. De Solórzano found out about his existence. Neither the love of God nor his Franciscan precepts could keep the serpent of jealousy from nesting in the man's heart. In the end, he cast his habit to the floor, shut himself away from his social sphere and, alone in his room, he began to rot with hate. He knew not the lover's identity, but he aimed to kill him. A prisoner of his delirium, he directed his supplications to the demons of hell. A certain night, he heard a voice that spoke to him, he knew not whence it came. The speaker said he would accept his soul in exchange for the information he requested. He gave him his first order: that very night, he must go out when the clock struck eleven and kill, in the darkness, the first individual who crossed his path. The knight obeyed. He smiled, satisfied, until he heard the cavernous voice again. The dead man is not guilty, he heard, you must go out on other nights to kill and continue until I show myself again beside the body of the true culprit. From then on, wrapped up in a dark cape after pronouncing blasphemies, the knight awaited his victims. When a passer-by approached, he walked up to the person, asking: Forgive me, my lord, what is the time? They gave him the time. From between his garments he drew a keen dagger, whose glitter made the unhappy target throw up their hands, and after pronouncing, *be happy, my lord, to know the hour at which you die!*, he leapt like a gust of wind upon his victim and drove the knife home.

The dawn surprised the petrified city. From the street, the morning rounds picked up corpses, with no one able to explain these frightful crimes. The knight's thirsty soul was not sated until fate took a turn against him and one morning, devastated, he learned that among the victims lay a nephew of his whom he had loved dearly. He sobbed with remorse. Again, he heard voices calling him. Soon he began to see horrible visions. One night he could bear them no more, and he let them lead him toward the plaza, to his fatal destiny (surely planned by the Devil). The next day he was found hanging from a rope, his face distorted.

HIDDEN, INSPIRED BY THE WAVE OF CRIMES THAT HAD LONG suffocated the city of Mexico (more strangled corpses would appear), a jackal, a lean, dirty wolf began his own chain of murders that carried on shockingly from the first: not satisfied to see death caused by *another*, he felt the selfish urge to act himself and to be feared. He killed in the style of the gentleman from a century before, Don Juan Manuel de Solórzano. In the complicity of shadow, the individual huddled in unsuspected corners and waited. Those who were led by accident toward him met the knife. Like the subject of legend, before he surprised them with the steel, he asked them for the time. Then he sank the blade deep, many times, or he slit their throats. This murderer enjoyed spilling blood, aware of how he troubled with viceroy's guards and the people. The streets bore witness as he fled the scenes of his crimes, but, mute, they kept the secrets of his nocturnal routes. Occasionally the man entered houses and killed inside. The city was dyed red. The blood began to clot. Horror mixed with confusion and the police scoured the streets searching for bodies. There were no clues, no signs of light to guide their pursuit: only corpses. The members of the court argued, they alleged that the murderer had changed his ways and now used not only the rope but also the knife. Or, perhaps, there was *another*. A priest observed at Sunday masses that the morality and cleanliness of the soul had disappeared.

Ungodliness showed forth like a clap of thunder. An emergency curfew was put in place. With great despair, mothers brought their children into their houses while the sun still shone. Blood called for blood, the people were stabbed, slit, if not strangled or terrorized (terror is a slow death). A spectre trod the avenues, flooding them with a warm and ample bath of blood. It was the month of October.

ALONE, IN HIS ROOM, HE IGNORED THE WORLD AND ALL THE spheres that hung about it. He merely drafted his numbers: De Salazar y Hurtado.

Months had passed, then years. Serene, Policarpo contemplated the numbers he had collected exception: the numbers. All were beautiful, without exception: the numbers of the final fuel of life. On the street, the people still groaned, the press still kept silent and, by high orders, the court feigned blindness. Individuals suspected of the crimes were locked up in dungeons, their hands were amputated by saw, but the strangling continued just as blood was still spilled by the feared knife. The work of the other criminal mattered little to Policarpo, each followed his own path and walked along the edge of his own abyss. At heart, though, he was bothered: the guards patrolled in greater numbers now, and he was forced to take greater precautions. On the plazas, the tradesmen were wrapped up in debates regarding the murderers, comparing them to each other, and even the youngest opined over which was more ungodly and pitiless. Two faceless darknesses filled the mouths of vulgar folk.

Policarpo had cut himself off from the world for another reason: three months before, as he rounded the lazar houses in search of potential victims, he had picked up the contagion so justly feared by the masses. When he went out, he had to cover his face and clothe himself in the loose garb of a woman. With bits of leather, he constructed a pair of crude gloves to cover the dirty white pustules on his hands. Neighbors and those who watched him walk by thought he was the *old lady* of the clockmaker. They paid him no mind: it had been so long, that shadow had blended into the silhouettes of forgetfulness. At his bench, he reviewed the deaths he had inflicted. His course of action was well defined. He went out in the wee hours of the morning when the guards' heads were nodding after their rounds. No one thought he would kill when the nascent sun was only just beginning to tinge the darkness with hints of light. When it was possible, he did it in the night, or in the day in some remote chapel where solitary penitents prayed. In his delirium, he once grasped the neck of a statue of Saint Teresa. He imagined the twisted, contorted face of the holy woman. The dirty prints of his hands remained, outlined on the martyr's frozen neck. The gasps were important, or the number of them and the pleasure, in and of itself, of listening to them in the silence. When it happened (and the pincers of his hands took action), he shook his head from side to side, his veil slid off and his victims stared into his hideous face. De Salazar knew not that the other criminal also hid his face, but while no one looked upon the other's face at the moment of death, they always looked into his. At times, the police came in time to see Policarpo as dawn broke: thanks to his feminine attire, his ample undergarments and his shawl, they took him for a kind old woman, and on more than one occasion they advised her to go with caution.

The authorities promised the criminals would soon be captured. Sooner or later all the wicked fall, they assured, like thieves caught red-handed in the night, and it was high time for this pair to do so. The storm was followed by moments of calm. A tranquility, just as ominous, in which he plotted and *experimented* with the deathly figures he had accumulated over the years on sheets of rag paper. If anyone had seen Policarpo, they would have thought him a messenger of the underworld manipulating the numbers of the judged on the Last Day. His figures let out their own pitiful racket as, under the deforming flickers of the candle's flame, they flooded and stifled the clockmaker's room. A sea of mud and confusion trembled in the room, the unwilled or perhaps willed insanity of the mind, perhaps that of an age that kept its tremendous frustration to itself. De Salazar y Hurtado was a sleeping being, letting out deep sighs from its shapeless dream, on the shore of the earthly chasm. He inhabited a space forgotten by men and the elements, unwhole before the night, condemned to misfortune and immobilized by great chains laid by other hands. In his mind was chaos, numbers without reasoning, the deceit of shapes and of a geometry in which his feet met no ground. On the other hand were clocks in their eternal pendular swing, the pendulum that makes equal the rocking of a baby and the rocking of a strangled man. In the whole, shaken by chance, he searched for the means to unify the parts. From the number, he sought its conjunction. The shapes with the number, the world with the number and time and life, but easier were death and the number only as an element of unification. The number was as cold as he, and yet it said so much every time. His preference for the disproportionate made him whole and was inextricably able to help him glimpse the beauty negated by reality. This was why the *Polyptych of Death* hung on his wall. Within him lodged a mutilated artist. Perhaps the shape could have been his supreme goal, or the symbolic and abstract world foreseen in the *equation*. And yet, the number still belonged to him. The figures before him were his own, as were the last breaths of suffocation that resonated in the cavities of his brain.

His skill as a calculist allowed him to establish complex and intricate relations between the figures of horror. He had filled books with these connections, many of them just as surprising as the one he had written years earlier before the eyes of De León y Gama, the mathematician. And so his dreams, now measured by the clock in reverse, now menaced by the interior movement of the gears of another mechanism (a mysterious machine manipulating figures), began their flight toward perdition.

ONCE FINISHED, THE MACHINE REMAINED FOR TWO MONTHS in the power of its maker, who marvelled himself at the fact that it worked. This had occurred in 1772, while Policarpo de Salazar wandered through the lost settlements of Puebla, among swindlers and beggars, not yet planning his return to the city of Mexico. The inventor, who would have never imagined that someone could calculate with the skill of Policarpo, felt the thirst to be immortal. To exit his anonymity, which only brings obscurity and silence, he revealed his work that same year before a group of ghosts with an aura of sapience. His machine manipulated numbers. Anguish and ecstasy, a fully argued case, the spasms of love for a certain science seemed to shine there in all their splendor, contouring the gears of the spinning wheels. Every roller turned with precision, communicating its momentum to every other in the form of numerals. The *Calculating Wheel* was presented by its creator in the following terms:

> Secure in the knowledge that Mathematics holds in all her treatises abundant and exquisite manual demonstrations, with which she certifies the truth of her rules, and observing arithmetics devoid of a manual instrument that serves as testament to its doctrine, as the mother gives milk to the first rudiments for the coming of that prodigious Science, I offer this *Calculating Wheel* in which not only is the demand for any account absolved with the greatest naturality, but the foundation and root of the number is made visible, which is the point.

The device added, subtracted, multiplied, and divided, as well as operating with fractions. It was designed to reach figures on the order of hundreds of millions. The chroniclers made note of the event, and their testimony lies in the National Library of Madrid at catalogue number 18744:

Explanation of an arithmetic instrument invented in Mexico, year 1772, which can be given the name of...

The *Wheel* was questioned by members of the Holy Office. Theological writings were found containing arguments, behind closed doors, regarding the moving parts within the mechanism: tormented souls from Purgatory, mysteriously forced to work the figures by the artefact, by the Devil himself, or by some pagan spirit of the Hebrew Kabbalah. How could this machine put man to shame, take his place in the tasks of the mind, those gifts of Providence? The Jesuits, on the contrary, showed optimism, pointing out that Roger Bacon had dreamed of similar artefacts for the benefit of man: wondrous machines able to elevate the human to unsuspected realms, and it must be noted that Bacon was thoroughly devoted to the Lord...

Meanwhile, Pascal and his invention, a machine similar to the *Wheel* (although it could only add) but created decades prior, slept forgotten in old Europe. The *Wheel* was discreetly confiscated by the church. Those who knew of its existence, including its inventor, received threats. The artefact was locked away in a cellar of the Inquisition, alongside diverse instruments of torture. Among the faithful, there were some who stealthily peeked their heads into the cellar and gazed at the machine in terror as they thought of the torments the mechanism must inflict. The invention was later moved to other places, until its was decided to place it on a ship to Spain, where its fate would be decided. The ship charged with its transport had long sailed the seven seas, it was a vessel as old and rickety as the world to which it was sent. The crude sailors placed the *Wheel* in a corner of the ship's wooden belly, among barrels of oil, provisions of rope, and blankets. The craft reached the dock of Cádiz, where the crew drank wine and became drunk at the sight of their homeland. The men forgot to unload the *Wheel*. The ship was sent to the Canary Islands on another commercial expedition. It traveled to Africa, past Morocco and Tangiers. It skirted the coast of Asia. The ship's captain decided to venture to the Philippines and, at his own risk, to reach Japan, in an intrepid attempt to do business with the Japanese, who maintained their island in total isolation from the world: the *sakoku*, imposed from 1639 by the Tokugawa shogunate. The vessel was seen off and its crew deafened by thunderclaps of Japanese gunpowder. The captain embarked on the sorry return and the ship traipsed across the aquatic immensity until reaching the Antilles, it sailed the waters of the Caribbean on several commercial expeditions and then made way with its prow pointing north, where it finally ran aground on the coasts of the Yucatán, with its wood worn through, eaten away by sea salt and time. The captain, already bent with age, rediscovered the artefact in the ship's hold. He left it in the hands of the local Franciscans who, blind and ignorant to what lay before them, sent the device to the city of Mexico. The machine returned to its birthplace on the twenty-eighth day of September of 1794, after sleeping at sea for twenty-two years. Those who had condemned it, those old priests with the nose of a fox, were long dead. The old city was now another.

No one knew how the artefact worked, its presence there was a synonym of strangeness. From the Pontifical University it was carried to the halls of the new viceroy who had recently taken the throne: Miguel de la Grúa Talamanca y Branciforte. In the royal chamber, engineers, mathematicians, and other thinkers were brought together by the powerful man himself, who was anxious to hear the news of the machine. Yes, that he might at least reach an understanding of the purpose of the numbers on its toothed wheels: perhaps it was a *mechanical kalendar* that could be usefully installed in the audience chamber. No one could make it work.

One morning, a small and insignificant old man knocked on the viceroy's door. He claimed to be the inventor. The guards mocked the man who, nonetheless, requested to be led to the machine. Branciforte was surprised to see him manipulate the artefact with skill, after polishing it and repairing an assemblage that had been broken when the ship ran aground. All marvelled at his feat and applauded, as if before a circus spectacle. The old man asked for numbers at random and operated with them. Others carried out the calculations by hand and verified the results, some of which required hours of figuring. The machine did it in seconds! The viceregal hall lay open for a week to the curious, that they might admire the invention and appreciate the viceroy's generosity. Clothed in a garb that let him pass unnoticed among those who watched the *Wheel*, with his face hidden by a shawl like those of the housemaids, useful for hiding his grimace of anguish, was Policarpo de Salazar y Hurtado.

SOMETHING HAD TREMBLED WITHIN HIM. HE WAS DISTURBED and paralyzed before the vision of a decomposing face that the mirror returned to him, a horrid reflection that crossed space to come back to him, cast off by the polished glass and his constructive hand. Or, rather, returned by the *kosmos*. That immemorial anathema devoured his flesh: invasive leprosy. Something more purulent, nonetheless, corroded the interstices in his soul so gravely that neither the pustules on his face nor their infection could equal it.

That nameless thing was deeper than his sleepless nights. De Salazar y Hurtado contracted his features in a sign of terror before the emptiness placed by destiny a single meager step before him. *Horror vacui.* He was about to tumble from the heights. In brief, his whole self would be consumed like an altar candle set apart from time and from men. He would disappear! The news of the calculating device struck him dumb until, in the viceroy's chamber, he was convinced of what they said. Not only did he witness its magnificence, he corroborated its calculating capacity himself. The old inventor said before the spectators that the principle of its workings was *quite simple*, unlike its range, as the colossal numbers it computed escaped the skill of any human mind. A machine that calculates, equipped for the art of numeric manipulation, and much swifter than man... that wicked being corrupted objects, changed the orders of existence, and, what was worse, dismembered perfection. Its gears were unlike those of the innards of the kindly clock: instead, they made up abominable, dangerous dentitions. The machine, that wicked *Wheel*, snatched something intimate within him forever. The darkness that hung over him encompassed the immense with its gigantic wings and descended upon him with the weight of infinity. His leper's breath misted over the mirror's glass while the second hand of the clock, monotonous, marked the coming of his sentence. And if the *Wheel* were capable of finding the number that he could not, the number that, without the artifice of algebra, was the definitive solution to the quadratic formula of his bewilderment, the *equation*? He felt panic. It was more than viable that he would be forever replaced. He had not slept for days. His life was disrupted and he stopped collecting numbers in the streets. No more lives cut short for the moment. He had to do something about the device, he thought to himself, a mechanism like that simply could not exist, not while he was alive. Besides, it was unthinkable to allow the existence of some *inhuman* thing that could surpass him and deprive him of his reason for being. He already knew hell by its flames, but there was another detail worthy of his misgivings: a few men of influence planned to have replicas built of the machine, they had the authorization of the nobility and it was only a question of awaiting the consent of His Lordship Don Miguel de la Grúa. That would be the end! His action was urgently needed, even if he had to murder the viceroy himself to reach the *Wheel*.

Before the mirror, he looked again at his face, and then at the *Polyptych of Death*. Then, with grief, he turned his eyes toward the equation that was the source of his anguish. Lastly, he saw his beloved numbers, copies of his own suffocation. He picked up a sheaf of papers and walked hurriedly out of his workshop. Above hung a clouded sky, black and damp, that weighed over the atmosphere of Mexico.

DE LEÓN Y GAMA HEARD SHARP RAPS ON HIS DOOR. WEIGHED down by the years, he lifted his body slowly to answer them. He was almost blind, and he held up the oil lamp in his right hand. It was raining buckets, and he doubted that anyone had really knocked, perhaps it was the sound of the storm. As he opened the door, he looked upon a body covered up in the clothes of a woman. His visitor's garments were wet, and he stood immobile. He laboriously raised the light toward the covered face: it was impossible to make out the features of the figure that stood before him. Under the folds of his garb, within its leather envelope, was a sheaf of yellowing, worn out pages, which he extracted from the protective covering and extended toward the man. They were his lost notes! Much time had passed since then, years since his quest to locate them with the aid of Hernán: ah, that servant who suddenly disappeared without even bidding him farewell, so ungrateful. The mathematician had attempted to re-elaborate his algebraic lucubrations, without the success he sought, such that the *Mathematical Gazette* rejected his writings. The being at his door uncovered its face. De León y Gama raised the lamp again, he forced open his dull eyes and looked. Policarpo was decrepit. He contemplated him with gravity, not saying a word. Then he covered his face with the shawl and, turning around, he walked away under the torrential rain.

The scientist had assumed the calculist was dead. Once he had seen him appear from out of the shadows and then fade away like the mist, but that was so long ago... What to think? He felt a hint of melancholy and doubt as he wondered if the clockmaker had ever felt meaning in his life. Not all who search will find, he said to himself, tired. He sighed. He had lived long enough not to feel happiness over events like the return of his notes, nor interest in whatever fate they may have suffered. He had abandoned the science of mathematics, and now he put together puzzles that were sent to him from Europe.

He closed his eyes and prayed for the man who was lost under the waters, trudging like a martyr toward an uncertain place.

AS SOON AS SHE SAW THE CALCULATING WHEEL, MARÍA Antonia, the viceroy's wife, thought it would make a fine gift for her daughter. The presents with which she showered her were ostentatious, much like the name she gave her when she came into the world: María Carlota Luisa Guadalupe Carmen Manuela Francisca de Paula Antonia Micaela Lucrecia Josefa Patricia Justa Lorenza Angela y Romana. Although the inventor demanded the machine's return, the Marquis of Branciforte extorted it from his hands: from his fatuous viceroyalty, he was well schooled in the corrupt art of selling public posts, degrees, and royal titles.

María Antonia considered her daughter her only valuable possession. Since her arrival in New Spain, she had fallen into the grips of a tedious somnolence that never left her. Never again. On the journey from Madrid to Cádiz, from Cádiz to America (to the port of Veracruz) and from there to the Capital, she realized that her life in the Old World had vanished forever. Now she was cast off and abandoned, and she yawned constantly as the monotony of life in the New World voided any and all sense of wonder. The frequent visits from bitter old noblewomen repulsed her, but the weight of gold has its price: gold demands life itself in return. Her daughter, on the other hand, filled her with brio: she was the only being in the world able to hang a halo of happiness around her head. The mother hoped the daughter would not grow up to be like her, insipid and ignorant, empty, lacking in vigor and grace, or lose the dignity of her lineage, manifested in the power of an intelligent woman.

Besides, if her daughter were well instructed and learned, this might allow her to return to Europe (the mother would see to this) and conquer the prince of France or of Austria. An educated woman is worth a hundred men, she told her. A product of her ignorance, the poor woman believed the mere possession of the arithmetic machine could imbue whomsoever possessed it with wisdom and knowledge. And so she took great pains to place it in María Carlota's hands, and, when she showed the artefact to the outdated women of her company, she did so boastfully. Look, she exclaimed, this will be Carlota's birthday present.

POLICARPO WANDERED UNDER THE WATER THAT TUMBLED down from the heavens, he trudged across distances flooded by rain and mud. He kept clear of the avenues that already boasted public lighting: lights whose oil was refilled by public employees night after night. The paths he chose were dark and dingy. His soul was in tatters and his body was rigid beneath the feminine garments that hung heavy with the weight of celestial water. Turn by turn, the streets became labyrinths into which he entered, while inclement lightning bolts cut through the night. And so, he advanced down the Street of Saint Inés, the Street of the Love of God, of the Chain, of Flies, of the Monster, of Saint Juanico, until he emerged in the plaza of Saint Sebastián while the storm lashed the stone ground. He remained in the plaza for an hour, as if absorbed in prayer, until the rain began to diminish. De Salazar regained his mobility and began to walk again under the black clouds. There was a curfew that night. He read the names of each avenue as if walking them for the first time. He crossed the bridge beside the plaza and reached the Street of the Mooresses, from there he went back by the Street of the Tombs of Saint Domingo until he reached the Street of the Canoe. The rain was reduced to a faint drizzle, like a murmur of night and falling water, transformed into a rain of luminescent stars: so appeared the water under the light of the lamps hanging from their wooden posts and walls. Drops of light fell and then flowed like a silver-plated stream down the stone street. The rain was so weak that it could not hide the sounds of the night: the song of the crickets and the solitary rhythm of his feet. Policarpo's steps clicked against the wet ground, sharply. Another lightning bolt cracked across the heights, a heavenly gasp to evoke the distance and the depth of anguish. He was followed by the silence of his soul. De Salazar sank into the caverns of his being, he carried on walking, submerged, lost in himself before the curtain of the night, sometimes torn by the lamps. Suddenly he heard a voice: Could you tell me the time?

Again, a lightning bolt plowed through the gloom and illuminated a silhouette dressed in black, its face covered. Policarpo started from his lethargy and looked at the immobile figure of the individual. He had left the clock he sometimes carried with him in his room. That was all he remembered before he noticed that the man was hiding something in his clothes. Silence. Then the glint of a metal blade. Suddenly he knew that before him stood the man sought by the city's lawmen, his peer in the wave of crime and blood, the much feared cutter of throats. Confusion fell from nowhere. The other expected a potential victim, he predicted the softness of a tender lamb's meat. He pulled out his sharpened blade. With a sudden movement, Policarpo uncovered his face and threw his housemaid's shawl to the ground, showing his features eaten away by leprosy. The man with the knife retreated, frightened by this horrible visage; he was about to flee, but he caught his breath and stood on guard with his lethal weapon between his fingers. With murderous instinct, De Salazar crouched as well and extended his arms: his gnarled and heavy hands were ready to grip, their fingers tense and alert. The cutter of throats had also come to understand a blinding truth: he had found the strangler who had brought about the viceregal promise of punishment and torture. Each recognized the other. Policarpo clicked his tongue. The rain picked up again as more lightning crashed and a cold wind whistled, sinister.

Chaos had brought them face to face. The two monsters. The man in black held up a long, sharp knife, his movements agile. Policarpo relied on the powerful and skilled tongs of his hands, his fearsome face, the look of death and his muffled voice of menace: You will find out the time for yourself.

In the works was a violent scene that none would ever witness. The city of Mexico lay asleep under the rain. The monstrous struggle that was there unleashed was the sign of cruel times, perhaps a symbol. Crossed causes and fates, destinies, interrupted silence. With no intention of accepting defeat, both dodged blows and attacks. The two most feared and wanted men in New Spain dove into a portentous confrontation. They measured their distances as they stalked and bellowed. Focused, Policarpo shifted his arms, giving his enemy pause. He fixed his eyes upon him. The cutter of throats, with his weapon in hand, smiled with the insolence of a cunning wolf. He thrust his knife at the chest, again at the face, and again at the neck of his adversary: all missed their mark. At once, with his weapon he evaded the fingers that avidly sought to administer their fatal pressure. Then another uncertain thrust that seemed to meet something. The man in black laughed, then he felt his throat contract. The murderous, well-aimed fingers had trapped his neck, they grasped him with disproportionate strength. Both men stumbled and fell gasping to the ground. Their bodies rolled in battle, one struggling to free himself and the other to keep his grip. The water fell without fail, the only sound was the din of the new storm born of the rain. Much time had passed since the skies last overflowed in such a way; they insisted upon offering a sign. The knife lay on the ground. The bodies twisted in a titanic struggle, in which the night's sentence had already decided the name of the man who would die on that street. The knife-wielder's body began to give in, moment by moment he lost his strength. Policarpo stood, panting, and looked down at the motionless man, his face still covered. He left him there, not even thinking of pulling aside the anonymous killer's veil. His work was not yet done, and he was in haste to finish it. He had planned it as he wandered the avenues.

He felt a scratch on his side, his only wound from the fight. And, without another thought, he walked straight to the residence of the viceroy. ⌗

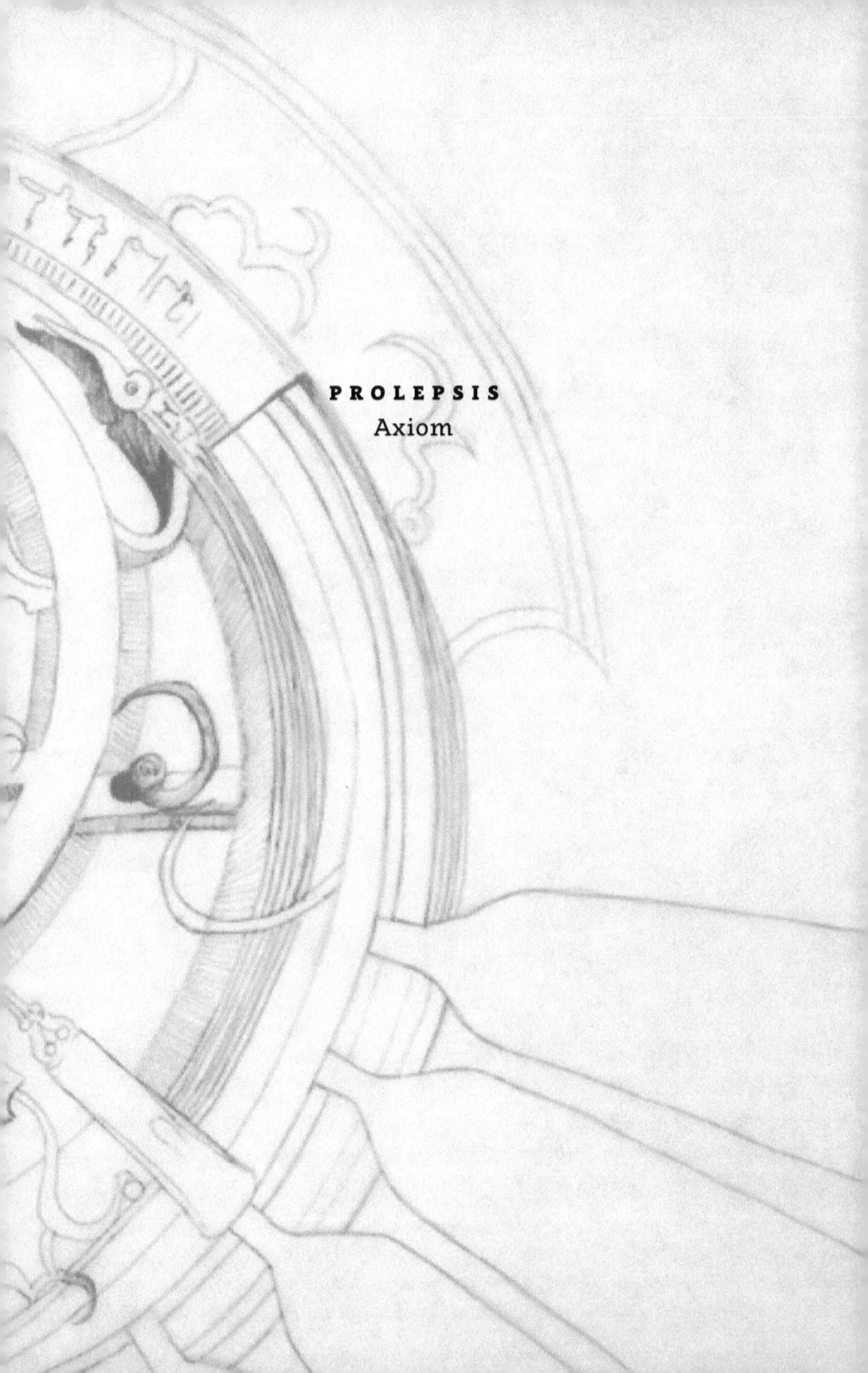

PROLEPSIS
Axiom

Mankind is a business that has time, necessity, and fortune working against it, as well as the stupid and ever growing primacy of the number.

MARGUERITE YOURCENAR

I met Marino at a conference on mathematical logic and algorithms they put on in the Department. Amanda, my wife, had quarreled with me before leaving home, never to return. After this incomprehensible abandonment, which plunged me into a state of deep depression (about twenty-five days ago), Leticia, a friend, invited me to the conference that, she claimed, would surely stimulate my mind and lighten the load on my spirit. *Marino Montero: Elements of Mathematical Logic based on Modular Arithmetic*, read the poster for the talk. I accepted her invitation, intrigued by the suggestive title. My first impression of him (as a professor recently invited to the Department) was that of a brilliant, daring, audacious individual. He immediately had a profound effect on me. But if there is anything we should heed in human relationships it is not the first but the second impression that every individual leaves on those with whom they interact: the second impression determines whether the light touch of their presence might one day secure a lasting friendship, or if it will remain as is, a plain and simple exchange. Marino needed no second impressions. A conversation with him made it clear that he was not only brilliant, he was someone exceptional, unique. I immediately tried to curry his favor, confident that he was one of those chosen few whose blessing, whose minimal admiration, we all so desperately desire.

To speak of the man is to build him out of ideas, out of the rain of dreams left behind after his death. It is also to dredge up his problems and his doubts. The world has problems, almost all the ones that seem irresolvable tend not to be, and among them are the problems of living space and survival, not to mention others similar, or those that cause a man and a woman who have loved one another to drift apart due to matters of surprising triviality (it was thirty-two days since my separation from Amanda). Most irresolvable dilemmas are not found in the world of matter: we find them in the world of ideas. They are questions of the intellect, important for individuals who think too much and who sink into profound abstractions from which some never return. Among these solutionless problems, there is one of particular importance in mathematics, not only due to its technical difficulty but also due to its wide-ranging implications in the philosophy of knowledge: such problems torture brilliant, uneasy minds like Marino's. The challenge was proposed by a Dutch mathematician who emerged from the darkness in 1910, a year of upheaval and revolutions in the world: L.E.J. Brouwer. Brouwer tells us it is impossible to ascertain the truth or falsehood of a sentence like the following: *In the decimal expression of π there exist a hundred consecutive zeros*. The problem is serious, as it refers not only to this already enigmatic number, but to any other irrational number as well, and it might refer not to one hundred zeros, but to a greater or lesser quantity. In any case, one cannot be sure if they exist or not; in order to do so, we would need to expand the decimals to infinite digits. And so, we remain in the dark. This is a problem that reveals the non-universal nature of the law of excluded middle. In mathematics, there are questions without answers. The principle of excluded middle is an Aristotelic law according to which, for a given proposition, there exist only two possibilities of truth: if a proposition *p* is true, the negation of *p*, *not p*, is false.

Brouwer's problem is not only a problem of logic: it is a problem of the infinite.

In the Department, I learned quickly that there are things one ought not take lightly. One of them is the infinite.

Legend tells us the last human being to dominate the mathematical spectrum in its entirety was H. Poincaré, the father of topology. When I met Marino, I started to doubt that this was true: his research took in countless subjects and was published in mathematical journals of global prestige. I pored over them with dedication, prisoner to a mix of admiration and envy. If only I could have come up with even one of his formulations..., I moaned to Leticia. His demonstrations of theorems, reflections, and conjectures seemed to orbit the whole mathematical world. *The American Mathematical Monthly*, *The Mathematical Gazette*, *Epsilon*, and many other journals published his contributions.

My first *misunderstanding* with Marino was the result of an essay I sent to be published in the Department's newsletter. In some small way, I thought it might upset his particular sensibilities. And so I got to know him, gaining that *second impression* of which I was speaking. In the essay, I laid out a few concepts—intelligent, in my judgment—regarding contemporary mathematics. I will cite an excerpt from the piece and, to clarify the reasons behind what happened next, I will place the phrases that set off the story in italics:

> *Eternal Debate*
> Some, even in the days of Virtual Reality, argue as to whether or not Mathematics, more than a science, is a form of language. Is it created? Is it discovered? All we know is that no one knows the answer. Perhaps it is not so daring to define

mathematics as a formal art. *He who affirms that Mathematics is incompatible with reality and situates it exclusively in the world of ideas denies it, and not only does he deny Mathematics, but also history and the future itself, because the historic process of the world is the long-standing process of Mathematics.*

It has already been shown that an axiomatic system is not necessarily self-sufficient, in the sense that any affirmation related to its subject might be proven only with the axioms of said system. The complexity of any issue lying at the borders of such a system makes the demonstrations it requires ever more difficult. In Mathematics, everything must be demonstrated, and nonetheless we find heretical mathematicians who foretell the death of mathematical demonstration. There are others who accept the idea of some machine that might carry out the task. Discourse on the future of mathematics has been treated with indifference; most futurists avoid the subject.

Mathematics, or rather the set of all possible mathematics, did not emerge when man acquired the capacity tto make the number abstract. It emerged when he understood the recurrence of certain phenomena, when he could be sure that day followed night, night followed day, day followed night, and so on. When the human being knew once and for all that it was possible to find an order in the world, a harmony that connects its objects. Mathematics was born from this finding. *The number came later.*

A few days after the publication of *Eternal Debate*, Marino stood before me with a copy of the newsletter, which he threw down on the table where I sat drinking coffee. Some say mathematicians are machines that turn coffee into theorems. Nothing could be further from the truth: some drink coffee to forget. It was no wonder because, I must admit, the essay was written with the intention of sparking a reaction from Marino. Looking at me with that dry seriousness of his, Marino interrupted my calculations. Your pretentious little piece doesn't convince me, he snapped. I snuck a look at the title I had devised. Marino, I responded, all the texts are revised by competent people. My publication passed the peer review, and two of the reviewers suggested changes and clarifications. Those idiots don't know anything either, he proceeded, they think they have a brain just because they have a doctorate. As for you, he added, I almost thought you were a little more intelligent. And he finished off: You've let me down with such stupidity...

That *you've let me down*, coming out of his mouth, sounded like a final disqualification. Even if I wanted to, I couldn't take it as a simple reproach, it was something *else* that, from that day on, made me lose sleep. When I saw him in the hallway, I became tense and nervous. In seminars, I tried to get his attention, making eloquent comments and asking engaging questions of the speakers, hoping uselessly that the weight of his eyes would rest on me.

Marino was one of those people who deeply hate mediocrity. He couldn't settle for isolated results in any area of mathematics. He created complete theories.

One afternoon, in the Department café, he and Carolina sat down next to my table. The young woman was one of Marino's many girlfriends, and Amanda had introduced her to me a year before. In fact, *she was a lot like Amanda*, not physically, but due to the gestures she often made, the movements of her body. Even the types of clothes they wore had much in common, the other members of the Department had commented on it. For his part, if Marino needed anything else to boast about, it was his skill with women.

Carolina had beautiful features and, above all, a laugh that was somewhere between childish and flirtatious (that was one difference from Amanda), which could often be disturbing, even more if one looked into her deep, light eyes. But she looked at no one with them, no one but Marino... On her long, tanned legs, which boldly showed below her miniskirt, there rested a laptop that, she said, was a birthday present from her mother. She shot Marino a complicitous look. Then she turned on the machine. Marino settled into his seat and closed his eyes. He asked her to come up with an arithmetic operation, any one that came to her mind. Amused, she threw out figures, suggesting divisions and multiplications between them, and he responded. On the computer screen, the results were proven. I began to understand the game. My hands held up a book published by the prestigious Springer Verlag, which cited one of Marino's articles on modular forms. While watching the expressions of excitement on Carolina's face, I tried to concentrate on my reading. Then, as if suddenly noticing my existence, Marino turned and waved his hand at me. The look on his face said *you might just surprise me*, and he invited me to participate in the game. I gave him two whole numbers of considerable magnitude (how could I forget them, one was a multiple of fifty-five, the number of days my wife and I had been separated), and I asked him for the product. Marino had the answer before his girlfriend's fingers had finished typing in the numbers. And he was right. And so we remained for a while, I spitting out numbers and operations, he using his head and responding, even with square roots and differing orders of magnitude.

Marino was one of those people whom some magazines call an *idiot savant*, without the qualifier of *idiot*, of course. Sometimes these *savants* appear in films or television programs, showing off their numerical skills. In other activities, such beings are often inept, even mentally retarded. We might bump into them on the streets or in the metro, not noticing that they are counting multitudes of people with a single gaze, and carrying out complicated mental calculations in mere seconds. I felt encumbered, used. The number is primordial, and it was what it is before the emergence of Man, Marino assured me with an unknowable shimmer in his eyes.

I sensed it would be best for me to avoid him.

Marino had, nonetheless, two notable defects: one physical and the other psychological: the first was a case of allergic asthma brought on by flowers, the winter cold, and stress: he was skilled enough to ensure that no one noticed it. In a certain debate with another scholar regarding the validity or invalidity of a possible definition of sets, bewildered by the other man's foolishness, those of us who witnessed the discussion up close noticed a slight difficulty in Marino's breathing. His other deficiency was his absolute refusal to accept the existence of the number zero, a risible trait in someone like him. He wrote a million, for example, in exponential notation or even with letters to avoid the repulsion of marking down zeros, of watching them appear like intimidating enemies before him. For this reason, the Brouwer question troubled him. He was allergic to the zero.

Days later, I saw him again in the café, this time by accident. He was alone, and he was indeed transforming coffee into theorems. I pretended not to have seen him, but when he left, I noticed that he had forgotten a book on the table. I picked it up before someone else could claim it. My curiosity was killing me. It was a copy of the *Scottish Book*, the mythical collection of mathematical problems proposed, among others, by the great Ulam. It always surprised me to read that the *Scottish Book* was buried under a dry soccer field while its authors, scattered across Europe and the United States, tried to survive the Second World War, under the solemn promise that the survivors would return to dig it up. On the dust cover, Marino had noted down (a few lines by T.S. Eliot):

And even the Abstract Entities
Circumambulate her charm;
But our lot crawls between dry ribs
To keep our metaphysics warm.

The number in its infinite primacy. The Pythagorean dictum, *all is number*, made me question the power of words. It has always pained me to know that I am not only, as if in some dystopian future, a single number, but rather many numbers that classify my person on a certificate, on a card, on a driver's license, on my voter ID, on my checkbook, on my professional credentials, on my medical records... Every one of these documents is dealt with by the corresponding functionary in terms of numbers: on each one, my name is lost. Who could have imagined that the Greek mysticism of the number would become the purist cult of Number Theorists, and then the zeal for the creation of cryptographic code, which protects the databases that give access to stratospheric bank accounts, like those of corrupt politicians who make money by bleeding their people dry. The number against the name. The money number. The dissolution of the individual in a sea of figures, of the population census, the census of poverty and malnourishment, the census of war and death.

Among others, among the golden number, the real number, the complex number, the hypercomplex number, the p-adic number, or the transfinite number, a special type of number stands out that can determine the measure of chaos: special exponents resulting from a dynamic of the modelable world. I wonder if a number exists that might determine the magnitude of evil, of hate, of suffering. Or a number that quantifies the pain of a broken heart. When I learned to count, numbers amazed me. I was innocent then.

I wasn't sure whether to return the book to Marino or keep it. I didn't want to see him again and let him humiliate me. In spite of my reluctance, I decided to find him and give him back his property. I arrived at his office door, which was already half open. If I had knocked to get his attention, several of the events I will presently describe would not have taken place. I opened the door slowly, I only wanted to give him the book and then get out of there, losing myself in the hallways leading to the Department's botanical garden. As I cast my eyes over the spot where I suspected Marino would be sitting, they fell upon an empty seat. However, to the left side, near the entrance, I noticed something that left me frozen in place: Marino was standing with his back turned to the lateral wall of the door, in front of a computer. The machine was performing arithmetic calculations. At first, I detected in his stance a sense of irony, perhaps of humor: it was as if he were prostate before the machine, as if worshipping it. Someone as brilliant as he! It was contradictory, ridiculous. The vision brought to mind pagan apostasies of forgotten times, nameless cults disappeared from humanity due to their obscenity. At one conference, Marino had stated, among colleagues and students, that the machine was the mediator between man and abstract objects, even between the numbers of the world of ideas. There are numbers that cannot even be imagined, he declared suggestively, but which can still be accessed through the computer, or the calculator, whatever you want to call it. There are unnameable figures, of orders beyond the scope of words.

My mistrust was growing. I tried to push what I had seen out of my mind, without success. Behind my eyelids, the image of the office persisted. By the time I noticed, I was making myself sick over it. But we also tend to spy on that which shocks and fascinates us, we follow it down intricate paths sown with danger. At risk of losing my position, I found a way, night after night, to get into his office and find whatever I could, anything to find out who he was. And so I came across the notebook in which, besides his mathematical advances, he wrote down his introspections, all his poisons. It was not a diary nor anything like it.

> *Note from Marino:* The number is cold and severe. The number does not lie. In dreams I have seen a new arithmetic in which the zero does not exist.

In informal conversations, Marino stood up for those mathematicians who undertook their research within the realm of the abstract, searching for Divinity. Perhaps, he said, what they proposed was a Religion of the Mind. After assuring us that he was not joking, he went on to explain that cults had been a part of human life since time immemorial. And, seconding Galileo, he stated that mathematics is the search for the Mind of God.

In a certain period of the history of Japan, peasants offered their gods geometrical theorems on thin tablets of wood: *sangaku*. The samurai too, between 1700 and 1800, after practicing *bushido* and sharpening their katanas, would retire to their rooms to carve the solutions to mathematical problems, then offering their *sangaku* in Shinto or Buddhist temples to gods who liked math.

The Religion of the Mind is something similar, Marino opined. It granted the idea of a Platonic world, full of the purity of silence and the silence of purity. The mind, he continued, is a mechanism used to access the place in which all is Mind. *There*, the mathematical world exists for itself, waiting for us to discover its entities. There is God.

> *Note from Marino:* I seek a form of science and aesthetics in which coldness reins. I have arrived at concepts, exclusively numerical, that would explain the reasons for the existence of the spheres. Starting from the hypersphere, I have found the *artificial numbers*.

Artificial numbers, how could I understand that? I accept that my mind is barely strong enough to understand the abstract structure that makes up the natural numbers. Number Theory studies natural numbers: our first contact with the countable. In contrast, this maniacal researcher had discovered his own numbers, which were generated out of a homomorphism of action over products of prime entities, making them coincide with particular points on the surface of multidimensional spheres.

Sometimes Marino praised chance, the unpredictable beauty of chance. He made bets in the casinos of Avenida de los Insurgentes, so controversial to some. I remember how he described with fascination the movement of the dice after they were thrown, those strange cubes obedient to the numbers of uncertainty.

After I counted up the days that separated me from my wife's departure (ninety-eight), Leticia said to me: Don't give in to the tyranny of numbers, you'll be even unhappier. But what are numbers without tyranny? Unless, speaking in general terms, the abstract world from which they come, as Marino would maintain, is also a kingdom of lonely coldness. I had never paused to think deeply about the subject. The *Abstract Entities...* It is a matter of arduous planning. The Platonic inheritance of a world of ideas, independent of man, in which perfect concepts exist, was attractive to past theologians. Besides, there is a long tradition of interaction between Christian theology and Platonic philosophy. Saint Augustine hesitated nervously upon relating the omnipotence of God to the truths resident in the world of perfect ideas. In systematic thought, there is a problem: certain principles of logic and arithmetic seem to be irrevocable, and for this reason they place certain restrictions upon the free action of God.

The mathematicians of the past believed in the existence of the Divine Mind, in which perfection lived. Others, more contemporary, have a special attitude toward mathematical structures (which, to them, are permanent and immutable). At the University of Geneva, mathematician Paul Bernins declared that mathematical objects are *deprived of any link to the reflexive subject*; in other words, they are isolated from the personal influence of the mathematician. Kurt Gödel, a revolutionary of modern mathematics, was also an exponent of Platonism, and he upheld a surprising adherence to the idea of the objective reality of entities, which is the everyday preoccupation of any logician. Then there's Ramanujan, the young autodidact: *I believe mathematical reality resides outside of us and it is our function to rediscover and observe it... 317 (for example) is a prime number not because we create it so, nor because our minds are conformed in one direction more than another, but because it is so, as mathematical reality is built this way.* Sir Roger Penrose, a multifaceted English genius, supports this stance and assures of the existence of geometrical configurations that man, assisted by the machine, discovers (fractal complexes, for example) and that *are not an invention of the human mind: these structures are already there, they are discovered as Everest is discovered.*

I started to experience confusion and fever, insomnia. How real could the world of symbols be? When I fell asleep, I had nightmares in which Marino sometimes appeared. I was running after him, hoping to take from him a key, or a code, to these worlds of infinite purity. In other dreams, I was trapped in the world of the *Abstract Entities*, from which I could not return.

I saw him a couple more times, performing his mental calculations, his face tense and his forehead sweaty, concentrating as if possessed. He was making tremendous effort in this *game of resistance*, computing all the decimal places of some irrational number allowed into his mind. He ended up exhausted, like a flacid automaton. He went pale, and his voice was stifled. When I looked at him, I felt something that I couldn't quite name, but that I somehow associated with fear.

Instructions for the learned (note from Marino):

Instructions for Archimedes:
Count grains of sand and dust. Calculate and count until you die. Then, from the bottom of the well, pronounce the number. Divide the form of death into a thousand pieces and every piece into a thousand pieces to uncover its secrets to me. Light the dawn of days with your mirror. Bloody your knuckles of the edges of the geometrical body. Invent an endless theorem that leads to madness.

Instructions for Galileo:
While Simplicio falls from the Tower, observe that Salviati's dagger is hidden under his garments, eager to jab and to wound. Without the Tower's leaning, the shadow disappears at midday. Do you see the pendulum swinging? In that synchronicity, the swaying of your sentence is announced (men move too). Accept the pyre's flames without fear.

Instructions for A. Einstein:

Mind the black hole that lies in wait for you, not even light escapes its abyss. Do not stop attending to the equation that twists up from the line and screams out the truth you never hear. Wind the clock. Watch the compass and repeat the mental photon experiment. Show me that gravity exists. Dive into the preying center of the black hole because God will never leave the dice game.

One night as I furtively leafed through Marino's notebook, I noticed there were new additions. One of them called my attention. The note said: The *Entities* deserve more than the offering of a single mind. Then: I have thrown the dice and six fell after three: suddenly the deep sleep of reason came.

This man's mind is off-key, I thought, surely he is plotting something. It's not the case that bad-faith ideas were sprouting from my mind out of jealousy at his genius: what touched my nerve was that a copy of *Reforma* from two days prior was lying on his desk, and its pages caught my attention. The headline mentioned nine deaths. Take note: Marino had thrown the dice. Six and three, in first module arithmetic, make nine. I don't know, I suppose I should have given notice to the authorities, although it is well known that the Mexican police do not act until they see bodies. I feared I would find myself face to face with this insane genius, and that he would discover me going through his things. I stayed out of the Department for two weeks.

I walked lost and confused through the city. I aimlessly stepped on and off the metro. On every face that moved past, I saw Marino. I ate little in those days, any food I consumed made me nauseous. What was I thinking? I would turn on the television just to turn it off as soon as it winked its electronic eye. I sank into the web of information: the virtual highway offered itself up to me on the luminous screen, while my fingers typed like mad. I navigated across seven seas of information bytes, more information everywhere, unwanted information that I bumped into as if it had me surrounded. Like what I read and reread at this very moment:

The origin of numbers
Numbers are coagulations of the waves of symmetry, they are the memory of symmetry and memory itself is a mirror or a duplicator. Numbers are an expression of the natural world, which, to build its work, is based on regularities. Said symmetry is also cerebral, it is physical (electromagnetic waves or subatomic particles). It is cosmological (the earth's rotation, light and shadow), physiological, idiomatic, and graphic (the shape of letters, the tone of speech, breath). It is temporal since time is duplicable. (If a clock is reflected in a mirror with three lobes and two valleys, this duplicates the image. So, while the hour hand of the physical clock makes a complete turn, the same hand on the reflected clock makes two)... And light... If you take a photo of a photo, in front of the mirror, when the light is reflected, the light bounces back and comes out of the mirror, such that in the photo you see the flash and a circular ray of light, perfect and dynamic, that comes and goes, that starts and ends in the mirror but is developed outside... (take it with the light of day). Since the ray is white, within the photo there remains a small rainbow... The very subatomic particles, whether they are called particles or forces or relations or functions within the cords, have their perfect duplicates in antiparticles (the mirror's reflection). Memory, mirror, symmetry, and number are functional, natural synonyms... Right and left chirality dictate that

there are axes (01, 10), they are palindromic bus tickets when they still came on numbered paper: 18481. The four is the axis, but even without the four (1881) there is still an axis. We are speaking of supersymmetries, since simple symmetry is found in any number (5) because it signifies repetition, either of a unit or a piece. To be matter, it must be reflected toward both sides of an axis, and this gives rise to symmetry... So the number represents the symmetrical axis of nature and, therefore, the intermediate state, and can be defined as the human face of visible or invisible symmetries because they erase all of the likely spectrum of what there is... Its magic consists of erasing even the unknown. (We might not know a star, but it still allows us to determine at what distance it glows).

To add is the action of describing unfolding symmetries:

$1 = {}^{*}$

$2 = {}^{**}$ unfolding or repetition of the previous movement (symmetry)

$3 = {}^{***}$ the same.

We are able to add because we have memory, which is a copying mirror. Adding and adding and naming the movement, symmetry and the like... Unfolding and repeating a movement, again and again. Definition of symmetry? Similitude, reflection, similar movement. What comes first, the chicken or the egg? The mirror (or, rather, the action of reflecting and duplicating) is anterior to the number.

It was signed by a certain Hugo Luchetti, who finally wondered: *Where am I standing when I understand?*

On the nightly TV news, they repeated the report on those strange deaths that were mentioned in the paper in Marino's office: in a room in an apartment in Colonia Tránsito they found nine bodies, lying in formation in a hallway. The news anchors emphasized the criminal's *inhumanity*. For their part, the papers speculated about the motive of the murder, attributing it to organized crime. In a heated discussion, the district attorney rejected the opinion of a forensic investigator who suggested suicide. The autopsy, after all, turned up residue of powerful sleep-inducing drugs like Loramet and Rohypnol in their stomachs. Anyone might have suspected a mass suicide. But there was another detail: all nine were tied up with resistant nylon: they could not have taken their own lives. Nonetheless, as the attorney insisted again, organized crime behaves differently, they deliver the coup de grâce in the back of the neck, that is their *norm* and these facts do not back it up.

In my own notebook, which I carried during those taxing days (a sham, a meager copy of Marino's), in search of any element that might lend clarity to my story, I found this:

> Two weeks outside the Department, far from my research. Nothing to do. Walking through the streets and returning home, alone, with my books and paradoxes, in this nightmare. Today it has been one hundred twenty days since, citing my excessive dedication to mathematics, Amanda left for another man's apartment. I do not miss this ghost, I have learned to be apart from her warmth (false, it is the negation of the previous proposition that boasts truth value). One hundred twenty days! I am still passing through the phases of mourning... I go online in search of an article on differential equations and I end up stumbling across offers to subscribe to forums, with ads for whores offering their bodies, with ads of all kinds, or pages for bestiality, zoophilia, necrophilia, lesbianism, sadism, others for pornography in cartoon form... I should avoid all this chaos of information and head straight

for what I am looking for but not finding. Out of inertia, I type meaningless phrases about the possible and the impossible, dates, names, places. I research technological, scientific, mathematical breakthroughs, and I sink again into another submarine current of data.

This is how I came across a number that is remarkable among all numbers. I call it *the number*.

When I got back to the Department, things lolled in a healthy normality. No nightmare, just life. No delusions. The gardens seemed greener and the people more enthused. The first familiar face I saw was Amanda's, or I imagined as much after the first glance, but in reality it was Carolina's. I shivered when, this time, she saw fit to look at me with her light eyes before greeting me cheerfully. The weather was cloudy and pleasant, and I was feeling well, until far away, crossing the walkway that connects the library to the cafe, I saw Marino.

I had to wait until nighttime before sneaking into Marino's office. The batteries in my flashlight were almost dead: I had little time to scour through everything I could. Marino had moved things from their places, the bookshelf, the coffee pot, the computer, the sticky notes. The desk was new and the drawers were locked. I didn't see the notebook anywhere, and my flashlight began to blink. The notes must have been under lock and key in the desk. I left before the light could go out.

The *number*, in italics to distinguish it from all others, is strange in essence. It can only be reached by manipulating a specific advanced algorithm with the aid of a computer: a complex Wolfram algorithm. It is an *Abstract Entity* that was not invented by man, but discovered. When I observe it, I can hardly accept that such a number exists. I have played with it until noticing that it can be reached by arithmetically manipulating the positive root of a quadratic equation, an algebraic formula that is simple and disconcerting all at once: the formula I write in ink here: $x^2 - 3^3x + 3^3 = 0$. I doubt anyone else has noticed the importance of such an insignificant equation.

I returned to Marino's office with new batteries in my flashlight. For the locks on the drawers, it was not difficult to find some Korean-made lockpicks.

There were the notes. As I expected, I found something new:

Axiom

An axiom is something that is accepted as true from the start, to give way to something more complex. I have found no axiom that man has accepted without question since the beginning of time besides this: All men are mortal.

Reading on, I found this:

Dialectic of the dice

There is nothing simpler, yet nothing more beautiful, to emulate chance than a pair of dice. They give their bearer the certainty of carrying chance in his pocket. The dice game is more interesting if they are thrown one by one. Double chance, double surprise. Each die must be medium-sized, not too small so as not to get lost, nor too big so as not to show off, and dice made of elephant or walrus ivory are preferable, as they have a pleasant weight in their pouch or in the hands before they are thrown, since when they are shaken they produce a special, powerful sound. The dots must be burned on with a white-hot iron, thus they will never be erased from the touch of a sweaty hand. The twelve faces of each die are like the twelve columns of the sacred temples the prophets saw in dreams. In the world of ideas, the shining temples must be so. The *Abstract Entities*, which wander through them in their cold beauty, still appear to me in dreams. They are so real. I always touch them. I am convinced that I must take them more seriously.

Marino. Marino. When did I first notice that you and I are alike?

Note from Marino: Soon, I will throw the dice again.

In 1966, European students held in their hands the first edition of the *Course in General Mathematics* by C. Pisot and Zamansky, based on which, in order to fortify their mathematical skills, G. Lefort composed a difficult problem set for the same students. Little is known of the authors of the *Course*, especially the first, Pisot, about whom many curious scholars have inquired (intrigued upon seeing a reference to him in the Virtual Space of *Mathematica®*). We can imagine him walking through the hallways of a university in his native France, with his bitter coffee in a chalk-dusted hand, a book of higher arithmetic or algebra and a copy of *Le Monde* under his arm. A ghostlike figure who wanders through the mind of a small group of number-lovers, who dozes in the pages of high-minded arithmetic research, who floats on cyberspace that can barely touch him with its virtual geometry, or, perhaps, who resides in the world of ideas. Born in 1910, the same year when the Dutch mathematician Luitzen E.J. Brouwer formulated his famous insolubility problem—the problem of the excluded third—Pisot shared the numerical obsession of Ramanujan, Hardy, Dedekind, and Cantor, especially regarding algebraic numbers, which he researched widely. He must also have familiarized himself with the intuitionist theses of Mathematics proposed by Brouwer himself. I have asked about Pisot with the same curiosity, and little is known. I like to think of him in a world full of activity, of interminable discussions with colleagues until the late hours of the night, with the blackboard full of symbols and abstractions. Sometimes I think of him alone, meditating on his theorems, writing them out in careful detail. It's as if I can see him sitting at his desk, demanding silence while he swiftly jots down his ideas on paper so as not to lose them, later getting up for another coffee and returning to his desk to leaf through *Le Monde*, reading the news of the day, perhaps blurting out a *merde* upon seeing reports on the stock market or the repression of the world's student movements. I wonder if Pisot was right- or left-handed, if he was well-liked in the university, if he sympathized with communism or capitalism, or if, at the time, he protested against the use of the atomic bomb in the Second World War. What must he have thought of the Allies?

I try to continue reconstructing his life in my thoughts. I also dive into the Internet, but I don't find much. From his work, I select: *La répartition modulo 1 et les nombres algébriques (Annali della Scuola Norm. Sup. Pisa, Ser. 2, 7 (1938), 205-248)*. On his life: *Charles Pisot, France, (1910—1984)*.

Under various pretexts, like requesting explanations of the axioms of Zermelo Fraenkel or asking for help holding her books while she checked if her car keys were in her pocket, Carolina started spending more time around me. Ergo, the reason behind her smile upon my return to the Department was explained. Possibly, I thought, she is looking for a substitute for Marino, just as I, without fully accepting it, sought a substitute for Amanda. For this reason, when she first rested her hand, as if carelessly, on my own, I furtively pulled mine away. The temptation was intense, but I avoided it every time with unrealistic excuses. I didn't want Marino to see us and misunderstand the circumstances. Days later, nonetheless, I took Carolina by the hand to help her jump over a puddle on the Department's terrace. After that, I allowed her to hold on. The texture of her skin hurt me, because it wasn't Carolina touching me, but rather the Amanda who had abandoned me a hundred thirty-one days before. The Amanda who had known me just as I was, just as I had known her. The woman I had loved and hated, but loved much more. You're not Amanda, I said aloud, and Carolina laughed when she heard. She laughed in the way women laugh when they begin to distill the venom of seduction. I was afraid, and I decided to pull away from her before we were seen. But Marino saw us.

The last night I went through Marino's things, I read in his notes:

> *Six plus three module one*
> I have given in to my mind's insistence on making things clear. Any other way, this work would not be complete, and if someone in the future were to read it, he would understand nothing of my marvellous passage through the labyrinth of life. After I threw the dice some days ago and saw with pleasure how each number appeared, I knew what I would do. Six plus three is nine...

I stopped reading. The truth came to me in a flash. It had to be the nine tragic events in the news. With the *deep dream of reason*, he had referred to the death caused by the sleeping pills. What was I doing there in the cage of this madman, this murderer? I was overwhelmed and the world briefly faded to black as the notes fell from my hands. The notebook lay open, close to the last full page, among whose chaos was a photo of Carolina. Pages later, I read:

Axiom: He is mortal.

I don't believe his *He* referred to all humans, or to Socrates, or to the divine. I left Mexico City. My previous fear was nothing compared to what I felt now. I was running for my life. If I had taken the notes, I believe they would have served as good evidence to have him arrested as a suspect for the nine deaths (or for planning more?), but I left them in their place, intact, anticipating any possible incident. My hands were empty and my life hung from a thread. I had nowhere to go. And how could I keep other citizens from falling into danger? I boarded a bus for Puebla, a familiar place to me, as I had lived there for a time while conducting research.

After a light sleep on the bus, passing by San Martín Texmelucan with the icy volcanic peaks of Popocatépetl and Iztaccíhuatl as the background, not only of the sown fields but also of my nightmare, I flicked through the printed pages of my numerical findings. There was no way around it, the *number* was irrational.

Puebla was Marino's native city, and the only place I knew besides Mexico City. I sought refuge there for a few days in the small apartment of a graduate student who was attending a conference. I still don't understand how it occurred to me to inquire into Marino Montero's past. I searched in the phone book for names of people who might be related to him. There was no one. In vain, I leafed through the pages of archived newspapers. To no avail, I asked after him at the local universities where he might have passed through before leaving for his doctorate at MIT. Until I had an idea. He must have been exceptional since his infancy, I thought, surely they didn't send him to a public school. One by one, I checked the private schools until, almost ready to accept defeat, I came across a prestigious German school. At my behest, they pulled his file from their old records: Let's see, based on what you're looking for, there are a few that might match. The names never matched. Looking over the records again, the director (an old lady of around seventy) admitted she did not remember him, but she was sure at least three students skilled at the art of mental calculation had passed through her classrooms. The engineer Martínez, one of their professors, according to the director's tired memory, was a wonderful person who died in a premature and inexplicable fashion. He did not deserve to die like that, the woman told me, it seems they pushed him off the staircase as he walked down, we never knew exactly how it happened because it appeared to be an accident, but I never bought that story. I don't know why, the old lady added, but I have always had the impression that one of those young geniuses had something to do with it, and I don't think it was a coincidence that the family of the most brilliant of them moved shortly after, taking the young man to Mexico City. Look, I can tell you from experience that these super-gifted children tend to be troubled people, not to mention arrogant and jealous, and they always challenge their professors. He may have contended with one such child. The old woman's face wore an expression of weariness, contained by the years. Before leaving, I asked which class Professor Martínez had taught to the alleged offender. Mathematics, she answered.

A few weeks later, I returned to Mexico City in a burst of valor. I investigated the apartment where the nine victims had appeared. I was told that months before it had been rented by someone who claimed to live in Los Angeles, who would only come sporadically on business. (Los Angeles, California? I'm sure, since Marino is from Puebla, he could easily extrapolate names, play with words, with the celestial allusion to the origin of his *Puebla de los Ángeles*). The doorman mentioned that the *foreigner* sometimes had guests. Yes! I said to myself, I need search no longer: it's *him*. How many other deaths had he caused? How many more?

Out of curiosity, and in case it might add something to my search through the city of Puebla, I was able to find the old newspapers that told of the death of Professor Martínez. There I found something of which the director of Marino's old school was perhaps unaware: a police investigator interested in Martínez's case abruptly committed suicide. His family knew of no precedent of suicidal tendencies. It caught my attention that Colonel Ibáñez of the District Attorney's office, who had recently been engaged in the investigation of the nine deaths in the Mexico City apartment, had also died. His passing was the result of a butane gas leak: the volatile substance was set alight when the policeman struck a light after walking into his house with his family. They all died.

The sooner I acted the better.

Had I put my mind to it, I could easily have convinced the police to investigate my suspicions of Marino: they would have listened to the director of the German school, with all her memories and uncertainties. The foreman of the building in Colonia Tránsito would have had no problem recognizing a real picture of Marino, in conjunction with the spoken picture he had helped me put together. But if I had anything in common with Marino, even if he considered me a pusillanimous and gray subject, it was the fact that I also liked to see things brought to their end.

Yes, it was difficult for Marino to assimilate the zero. He suffered a phobia of the figure, and perhaps a certain horror at its existence. The zero made him feel as if he were standing in the presence of nothing, the void. Who likes the void? When he heard about the Brouwer problem of the many possible or impossible zeros in an irrational number, Marino claimed he was unconcerned. Bah! he exclaimed, we would need all those digits to do the research. They are infinite, did you forget? Marino relied on this reasoning regarding the infinite, he took it lightly. But the fact that we cannot predict if there is or isn't a monstrous quantity of contiguous zeros in a number, where there is apparently no reason for them to be there, does not mean we cannot find them by sheer luck in some number or another. The zeros could even trick us, making us think the number was rational, especially if we do not take care to consider it closely. I prepared a surprise that the crazed number-lover wasn't going to like. I sent him a message under the name of Professor Martínez (*a ghost of your past, remember, Marino?*) giving him the instructions to reach an *interesting* number, through *Mathematica©*, to 5600 decimal places. It was the strange irrational I had found in the sands of the virtual beach, something I was sure would serve as an assault on his conceptions of perfection. Because Marino loved perfection, in his way, and he was too sensitive to such things.

On his screen would appear, in bytes, illuminated by the flow of millions of electrons, a crucial, surprising, monstrous number: one of Pisot's numbers. The *number*.

The next day, Marino was found dead in his office, face down beside his desk. The forensic report declared that he had suffered a sudden asthma attack and was caught without his inhaler. His office was cleared out days later. While Carolina and I removed his belongings so the space could be taken by another visiting professor, I restarted his computer, whose monitor had been frozen since then. Holding me close, Carolina looked down at the lit screen, where several programs still shone open in their windows, including his inbox. I have no reason to think Marino ignored the message from *Martínez*. With a final gaze of stupefaction, and his body surely rigid with fear, his eyes must have been fixed upon the overwhelming figure:

$$\left(\left(\frac{2}{3\left(9+\sqrt{69}\right)}\right)^{1/3}+\frac{\left[\frac{1}{2}\left(9+\sqrt{69}\right)\right]^{1/3}}{3^{2/3}}\right)^{30000}=$$

5.04316596065665493215059469242757481077610274680893503167
84446771287571822648621061039807658193406827538578254082133
09478700354777871766946859877182545765655157863751804030
84108087720197360263045377599299252600787464343711547834066
26566542422631671379704708764600286765957208825537299414413
99119295425729390551598734162316493172898778929854821816913
95638163536241282159945102531936490365111022151523381436452
79048930913371354240272588991921619868232355282955810598733
20010787555049756321930243449874697320814894295138750508133
50895446761509382533298841076293708877836604655306868577322
85538664595048264681443930199901657433773640659222556791173
90905179712854907731191277888814410873665970386217401864110633
91757499520236594196403021789595612659015207824257477907566
78185904725211878343979501048953268614290340265384740790511
46487735500216875475845252225041904360870681078279227104433
57227362368796693241733784161166959198410304677682964919400
90438705230027320037702374804434310323316910942614411443833
02983487519201990595627905118880497502650026828835219138933
68584962896861235788076672538514785793444495539144153751944

37285121796122315842862423189949212117527981448636085804805
657512086481790698235946554679103334557030614430688918237
65935581887182311839775111872409211627286291267138116086580
37408930071516876158725341127622968866605210362611399728215
2567942245999124318525312272054453231352062266379427243641
8750735995618191121806899179577732679626160875234377580466
8422381361446090681588594231684449905631308569143981611046
4143597646450582731053204235727780550415107612874413316609
7040034356155594355699310372567007362846011243924380051721
17946648151586517714791609426531867375357616728998278915676
5819918501461470394696987900055057821804367427737785530796
5292573100704405035528657706565889113413367817192934796097
51349965199241672156885820419323697826495675216785846761301
665051497508373554704845376808917106579182046296637409148
51328987371292879351434591758137218308213817683744449366969
84757491555027227218191496737306894525429493301724974763488
028789233809728809898199416269816627876644539316701546354
31610660994478782022049824681885420029046846763098262298
893067982085873006027223547673545004480573914810092491101
933870588744990654481144456437881423922057266818027803279
7347013668175334692909590627108897158421082548983131341387
6761278854904865782491262488363942031887926523248561357047
7399709046710448077813242383525775842418033574517057365270
5419795069195190885851098538390625498507467309419611165780
838698713310344086360548451070819222570296482527242703056
99507491876725741414282227189033471727764395434254185950990
74729062595276296218468117193679017860241798951200649296133
0651781076337449499729308205550243207661846458602761611981
5676773736360189991491957175057346133494837930827478266538
26109388871646107637707669952322121063841012111950272802819
21473212133919391385171174018054543600453475322352999580219
232920276778840652994222860862521050680568077934768444547

28320229479895050738642250650424537785366800824269336818
81662317694955672636170867065177268568641882560696136399378
89380923630615342066499106771216678307265280650651154307877
82208618706781689410974317040601596067801396177706020483838
32551073046418256167867786677666411458882950772884597096433
46546857260085067375205588321834061968066477136954754650533
82659722182787527038013350885360773847158970095196369406666
449868459559318968227624570572944412896668467196250357904
35931009430361335058057283719525424750533492243401220689111
54316788170873900888499149058827913507680455068280339445
42308221148888187376496354399413641511521268300533409275321
3047144881568429552172625312395819678941865586820107952918
45929630207675781253000000000000000000000000000000000000
00000000000000000000000000000000000000000000000000000000
00000000000000000000000000000000000000000000000000000000
00000000000000000000000000000000000000000000000000000000
00000000000000000000000000000000000000000000000000000000
00000000000000000000000000000000000000000000000000000000
00000000000000000000000000000000000000000000000000000000
00000000000000000000000000000000000000000000000000000000
00000000000000000000000000000000000000000000000000000000
00000000000000000000000000000000000000000000000000000000
00000000000000000000000000000000000000000000000000000000
00000000000000000000000000000000000000000000000000000000
00000000000000000000000000000000000000000000000000000000
00000000000000000000000000000000000000000000000000000000
00000000000000000000000000000000000000000000000000000000
00000000000000000000000000000000000000000000000000000000
00000000000000000000000000000000000000000000000000000000
00000000000000000000000000000000000000000000000000000000
00000000000000000000000000000000000000000000000000000000

0000000000000000000000000000000000000000000000000000
0000000000000000000000000000000000000000000000000000
0000000000000000000000000000000000000000000000000000
0000000000000000000000000000000000000000000000000000
0000000000000000000000000000000000000000000000000000
0000000000000000000000000000000000000000000000000000
0000000000000000000000000000000000000000000000000000
0000000000000000000000000000000000000000000000000000
0000000000000000000000000000000000000000000000000000
0000000000000000000000000000000000000000000000000000
0000000000000000000000000000000000000000000000000000
0000000000000000000000000000000000000000000000000000
0000000000000000000000000000000000000000000000000000
0000000000000000000000000000000000000000000000000000
0000000000000000000000000000000000000000000000000000
0000000000000000000000000000000000000000000000000000
0000000000000000000000000000000000000000000000000130
89481144651747951236035489454929072510241720588227917512706
315775959573028069494819317749753909502880... ⏹

SECOND ANALEPSIS
The Vertigo

The word that remains from the beginning of the world could still be heard. He picked up a handful of sand that went slipping through his fingers. Calculus: with those fleeing atoms began and ended all cogitations on the number

MARGUERITE YOURCENAR

Policarpo walked quickly, drawn on by his body's inertia toward the house of the viceroy, which grew ever closer. When he looked up at the roof of clouds that covered the sidereal world in wickedness, he noticed the storm had died down. He was sweating copiously. The few blocks that separated him from the place where the vile machine slumbered grew distorted in his vision, they seemed to stretch between the rows of public lamps whose light hurt his eyes. Their brightness seemed to him overly intense, he had never before seen a light that gave him vertigo. The sky above threatened to fall down.

Minutes before, De Salazar had realized that a warm wetness was trickling down his left side, through his clothes, an intense scarlet thread: it was flowing blood. In his fight against the throat-cutter he had not quite managed to evade his weapon, but he could hardly feel the wound produced from their encounter's brutality. He slid on a wet cobblestone and fell to the ground. The sky expanded and contracted like the very jaws of the night, with its infinity of abysses ready to devour him. Pulling together all his hatred, he stood up to continue to his goal. At that instant, he looked up again at the haze that hid the stars. *There are not so many stars.* The length of the street was like a horizontal well, and at its bottom he could just make out the source of his fears. Nearing the viceroy's house, he breathed heavily and paused to think under the lintel of a wood and stone doorway. It would be difficult to get past the guards of the official's residence. But, determined, he made for the front of the house, willing to face anyone and to enter, even if it were the last thing he ever did. He cleared his hollow throat. He had never expected a spectacle like the one before him: just to one side of the entrance, the guards lay drunk, strewn on the steps of the shallow staircase that led to the door. They dozed, wet under the rain. Of all the police forces in New Spain, the one that ought to be most alert, safeguarding the viceroy and therefore the king and therefore the kingdom itself, was this one, the one tasked with drawing its sword even at the cost of its own life, with remaining on constant alert and in readiness for battle, the very one that De Salazar now found before him in such a pitiful state. For centuries, watchmen have fallen asleep, trusting that their instincts will awaken them before the coming of dawn puts an end to their nocturnal duties. For centuries, watchmen have drunk liquor and collapsed at their posts. Policarpo saw the keys that hung from the belt of one of the guards. With great care, he plucked them from their hook, and it is thusly that De Salazar y Hurtado entered, after midnight, the residence of the man who represented the king of Spain and, therefore, God. With his murderous hands he pushed open the door and made his way inside the sleeping house.

Inside it was dark, the shadows of unknown objects hidden in the greater shadow of the night, to which his eyes swiftly adapted, accustomed as they were to remain open over long nights, stalking victims in the darkness, long before the dawn. He made his way to the largest room, where he supposed the *Wheel* must be housed. His breathing grew labored and his side throbbed. It was not difficult to find the room; it was the most accessible of them all, and he had been there before. A rush of discouragement swept through his body when he noticed the absence of the *Wheel*: there was nothing there, the room was empty and its silence seemed to give off a heartbeat of stillness. His eyes remained fixed on the wall when the act of breathing began to provoke a stabbing pain. He raised his hand to the laceration and lifted the cloth that covered it: then he understood the gravity of the wound. The throat-cutter had landed a deep thrust in his side, but he had not noticed in the heat of the encounter and in his rush to reach the place where he now stood. His blood flowed without pause. If the machine was not there, it must be somewhere else in the house. His loathing for the beings that were sleeping in that place made his fingers tense for the practice of death: for his fingers, the viceroy and his wife were merely throats: the fattened pigs that had greedily seized the artefact, reduced to dust... Policarpo explored other hall-ways on the ground floor and then climbed the stone stairs toward the royal chambers. Along the way, he tripped over ostentatious furniture, carved out of precious woods from the Orient, cedar and varnished acacia. There were vases from China, little statues sculpted in Florence and Naples, stones from Cairo, and, above all, gold and more gold. The machine was not there either, not even the cloudiness of its fog. A trickle of blood dripped down in his footsteps, he felt his own heat against his wet clothes. From the wall to his right hung a lamp within which danced a weak flame. The murderer reached one of the bedrooms. Beside the door, in its little niche, he looked at the image of Saint Teresa and remembered the neck of the saint he had once gripped in his homicidal fever. With stealthy steps, he snuck into the adjacent room, where the odor of his fetid flesh mixed with the breath of the viceroy, who snored like a guttural animal in the depths of its cave. De Salazar found himself before two bulges covered in blankets of fine wool. María Antonia slept with her back turned to her disappointment of a husband, the bitter and hopeless old woman sunken into a sleep that was bought, whose price had risen. The marquis, on the other hand, lay face-up with his eyes half-open and his beard dirtied by the thick saliva that welled up from his mouth. His snorts made him seem another person entirely from the one who was seen every day in the court, nepotistic and cynical, because they revealed him in the primitive and unhealthy condition of his carnal body. Forgetting his pain, Policarpo drew closer and stared down at him for a long time. He passed his fingers over the threads of the viceregal pijamas, he softly stroked the sleeping man's beard and then, near the neck, he placed his strong and experienced right hand. Their faces were close, and his sick breath coated Branciforte's face. The pain returned with greater intensity, the palpitations pierced his being. On the floor, his blood had formed a thick puddle and the stabbing pain, now relentless, made him double over until he fell to the floor. Every object in the world spun in infinite circles. He was out of breath. Under the royal bed, Policarpo suddenly thought he saw the faces of the dead that, while alive, had twisted between his hands. They were looking at him! The knife's blow had been final. He lost all sense of direction. With painful slowness, pausing now and again to tremble, he stood up and staggered into the hallway that led to another room. He fell again and again, every time he stood up. His fury was too great, as was the quantity of air he was breathing. That knife could not be the cause of his death, not now, when he was about to undertake such an important task, to save himself from the absurd. A few steps onward, he found the threshold of another room, and he entered. There slept the young Carlota. Her breathing was soft and quite different from that of the sleeping noisemakers in the other room. She gave off an aura of peace. Beside a small shelf, with orange blossoms in a vase, stood the *Wheel*, cutting through the tenuous and delicate semi-darkness of the lamp whose light filtered through the door. De Salazar's cold, rigid gaze regained its expression before the machine. His hand covered the throbbing wound, his fingers sought to prevent his energy from escaping as it abandoned him at the end of his search. He lurched violently forward, like a drunk in the face of a cold night's breeze. The artefact was mere footsteps away. Carlota's breath, serene and sweet, interrupted his vision. When he looked at her, he experienced something strange. It was an electrical current running through his entire torso, from the pit of his stomach (the place of the most intense feelings) to the top of his throat: a sensation different from any he had experienced in his life. For the first time, Policarpo was able to feel wonder at a woman, not one like Crescencia, the prostitute of his errant wanderings, but someone sweet. It was the brief instant of an ephemeral glimmer that comes and is then lost in the deep. For the first time, he was moved by a feminine beauty, just as he reached another, different and soulless objective: the metal machine. He wanted to caress another marvellous object: the rosy cheeks of Carlota and the lock of smooth hair that lay on her pillow. The objects and the night began to blur, the things blended together and moved from their natural places and the world was inverted in a vertigo of infinity and nothingness at once. *There are not so many stars.* The faces of the dead appeared again and faded away among the bedroom's furniture, which also formed numbers of diverse orders and the ticking of distant clocks and childhood and anguish and death. Suddenly the disappearing objects throbbed into another clarity, that of a young face submerged in dreams, a face of tender lips and a slender neck that, for the first time, he looked upon and did not want to wring. It was the night of first times. For the first time, he did not listen to that tender breath in order to count each time it inhaled and exhaled. He listened to it with the unusual pleasure of hearing life, just as days before he had realized that he no longer strangled in search of a number, but rather for the simple joy of doing so. In the night of forgetting one may understand the meaning of things, but it was too late. It had always been too late for everything.

His dizziness made him turn his head and there, again before his eyes, from an immeasurable distance, was the machine. In his side, the stabbing pains were now a imperceptible tickle. The *Wheel* did not leave his gaze, and it remained fixed in his mind. The numbers became vague notions while his flesh began to accept another state, the state of the infinite into which everything dissolves. Carlota's face spun around him and then the machine. Momentarily, both were going, both coming, and they made him seasick, then both fused together, two indistinguishable beings, one from the other: the machine-woman. A distant echo rang within it: *the machine that calculates numbers*. It was his counterpart. Policarpo calculates. The machine calculates. The All-Machine. There would be no more. De Salazar was near death. A lower category of world that floated everywhere like a projection fused and grew confused with the world, it trembled, expanded, and contracted, creating disordered shadows. His mind had passed from the state of fixity to the state of the machine, the state of the Machine before him to which consciousness clung while the void began to fill everything. Policarpo fell to his knees before the Machine in an unconscious act that was solemn and obscene all at once. It was an act of adoration. Then he fell face-down and, as he lost himself to unconsciousness, he watched how the Machine faded away with him and with the world. 卐

THANKS AND CREDITS

To Humberto Macedo (may he rest in peace), who read the full text of my final draft and made invaluable adjustments. To my friend Jaime Mesa, for reading the very first version of the novel in 1999. To the team at Malaletra Libros, and especially to Eugenio Santangelo, for their erudition and enthusiasm in improving the text in its previous electronic version. To Javier Vargas de Luna, for the generous prologue he wrote to mark the book's republication. To the great Yuri Herrera, for generously offering his endorsement on the back cover. To Omar Villasana, who brought a bilingual version to the United States. To Arthur Dixon, for his painstaking translation to English. To Leah Duncan of Wayne State University, who carried out a theoretical study of this work, which means a great deal to me.

Pisot's number, from the *proleptic* part of the novel, is an abstract entity generated with *Mathematica®*, a program by Stephen Wolfram. This number is attributed, among others, to Charles Pisot, and it can be viewed on the *Wolfram Reference* website using the following QR code:

Isaí Moreno (Ciudad de México, 1967). Escritor. Autor de las novelas Pisot (Premio Juan Rulfo a Primera Novela 1999), Adicción (2004), además de El suicidio de una mariposa (2012). Con Orange Road obtuvo en 2016 el Premio Nacional de Novela Corta Juan García Ponce. Imparte talleres de novela y es profesor-investigador en la carrera de Creación Literaria de la Universidad Autónoma de la Ciudad de México. Colabora en revistas literarias, suplementos y blogs culturales como Nexos, Letras Libres, La Tempestad, Lado B, Nagari Magazine, etc. Sus cuentos forman parte de antologías como Así se acaba el mundo (Ediciones SM, 2012), Tierras insólitas (Almadía, 2013) y Sólo cuento (UNAM, 2015). Posee un doctorado en matemáticas por la Universidad Autónoma Metropolitana y en 2010 se licenció por la UNAM en Lengua y Literaturas Hispánicas con la tesis Hacia una estética de la destrucción en la literatura. Es miembro del Sistema Nacional de Creadores de Arte de México.

Isaí Moreno (Mexico City, 1967) is the author of the novels *Pisot* [*There Are Not So Many Stars*] (Juan Rulfo First Novel Prize, 1999), *Adicción* [*Addiction*] (2004), and *El suicidio de una mariposa* [*The Suicide of a Butterfly*] (2012). He was awarded the 2016 Juan García Ponce National Short Novel Prize for *Orange Road*. He leads novel-writing workshops and is a professor and researcher in the Creative Writing program of the Universidad Autónoma de la Ciudad de México. He contributes to literary magazines, supplements, and cultural blogs such as *Nexos, Letras Libres, La Tempestad, Lado B, Nagari Magazine*, etc. His stories have been included in anthologies such as *Así se acaba el mundo* [*That's How the World Ends*] (Ediciones SM, 2012), *Tierras insólitas* [*Unheard-Of Lands*] (Almadía, 2013), and *Sólo cuento* [*I Only Tell the Story*] (UNAM, 2015). He holds a doctorate in mathematics from the Universidad Autónoma Metropolitana, and in 2010 he earned a degree from UNAM in Hispanic Language and Literatures with the thesis *Hacia una estética de la destrucción en la literatura* [*Toward an Aesthetics of Destruction in Literature*]. He is a member of Mexico's National System of Creators of Art.

www.ingramcontent.com/pod-product-compliance
Lightning Source LLC
Chambersburg PA
CBHW030824020726
47499CB00006B/2064